생각이 어둑어둑해질 때까지

황금알 시인선 243

생각이 어둑어둑해질 때까지

초판발행일 | 2022년 4월 5일
2쇄 발행일 | 2022년 4월 27일

지은이 | 김환식
펴낸곳 | 도서출판 황금알
펴낸이 | 金永馥
주간 | 김영탁
편집실장 | 조경숙
표지디자인 | 칼라박스
주소 | 03088 서울시 종로구 이화장2길 29-3, 104호(동숭동)
전화 | 02)2275-9171
팩스 | 02)2275-9172
이메일 | tibet21@hanmail.net
홈페이지 | http://goldegg21.com
출판등록 | 2003년 03월 26일(제300-2003-230호)

생각이 어둑어둑해질 때까지

김환식 시집

황금알

무서운 것이 버릇이다.
소소한 짓도 자주 하다 보면
한 생이 버겁다.
버릇을 고친다는 것
말처럼 그리 녹록한 일이 아니다.
수시로 꼼지락거리는 수족도 마찬가지다.
고치지도 못할 버릇을 고치겠다고
생각만 앞세운 채 부산을 떨며 산다.
헛말만 부지런히 색인한 오지랖이 부끄럽다.
입만 벌리면 튀밥처럼 튀겨진 말들이
먼 산 능선 위에서 물구나무를 선다.
후회할 일이란 걸 알면서도
아홉 번째 시집을 버릇처럼 묶는다.
그래, 버릇도 운명이 되는 걸 보면
참, 기막힌 일이다.
하얀 구름들이 어깨동무를 하고
보란 듯 실개천을 건너가고 있다.

2022년, 봄볕 돋아나는 공산 자락에서
김환식

차 례

1부 생각의 집

생각의 집 Ⅰ · 10

걸핏하면 · 12

생각이 어둑어둑해질 때까지 · 14

저녁 무렵이면 · 16

말의 집 · 18

추상화 · 20

안부 · 22

분실신고 · 23

수몰, 이후 · 24

세월, 참 · 26

낙동별곡洛東別曲 · 28

그리움 Ⅱ · 30

착한 일 · 31

캄캄한 언덕길 · 32

참, 얄궂다 · 34

때가 되면 · 35

안개꽃 · 36

사치 · 38

배웅 · 40

초승달 · 42

귀향 · 44

쑥부쟁이 · 45

추억 · 46

목련 혹은 그리움 · 47

2부 비밀번호

비밀번호 · 50

시월의 담론 · 53

머나먼 외출 · 56

그때가 문득 · 58

하느님의 심술 · 60

나무 · 62

풍선껌이 눈에 밟혔다 · 63

쓸쓸한 송가頌歌 · 66

허수아비 · 68

그리운 밤 · 70

얼떨결에 · 72

절벽 · 73

행여, 불현듯 · 74

낙화 · 76

돌팔매질 · 77

외로운 사람 · 78

3부 멀리 나는 새

허송세월 · 82

화석 · 84

돌탑 · 85

천성암 · 86

동물원 풍경 · 87

볼록거울 · 88

불참 선언 · 90

귀태鬼胎 · 92

가면 · 93

그래, 어쩌면 분꽃도 · 94

타협 · 95

청춘 · 96

성찬 · 97

멀리 나는 새 · 98

맨주먹 · 100

모순 혹은 그림자 · 101

천수관음 · 102

안거 · 104

착각 · 106

■ 해설 | 호병탁

호숫가의 낡은 벤치, 가슴에 육박해오는 그리움 · 108

1부

생각의 집

생각의 집 Ⅰ

강둑에서 내려다보면
더벅머리의 허상들
물에 빠진 미루나무처럼
거꾸로 서 있다
소나기가 오려나 보다
생각의 행로가 끄무레하다
공연히 보채기만 하던
천둥 번개도 귀가를 서둘렀다
이젠, 허공도 공허할 뿐이다
생각도 종종 트집을 부리면,
생의 씨름판도 난장이 되고 말 것이다
영역싸움을 하든
사랑싸움을 하든
가시를 품은 생각들은
숨바꼭질하기 마련이다
가시를 밟지 않고
가시밭길을 온전히 지나갈 수 있을까
눈꺼풀에 매달린 허상들이, 연신
생각의 문지방을 들락거렸다

휑하게 비었다
유효기간이 지난 말들을 구기고 찢어
휴지통에 던지고 나면

생각보다 깊게
첫닭이 울었다

걸핏하면

일몰의 풍경 속에
자주 등장하던
낡고 바랜 나무 벤치가
그 호수의 길섶에
터를 잡은 지 오래다

걸핏하면
궁상맞은 그림자들이
잠깐씩 고단함을 풀고 가는
그 벤치는, 호수 건너
외딴 양철집
해묵은 풍경보다
더 붉고 고즈넉하다

가끔은
달그림자가 달포씩 월세를 살다 가고
또, 가끔은
주인 허락도 없이
쓸쓸함이 한나절씩 낮잠을 자고 가고

또, 어떨 때는
주체 못 할 그리움이 눈물을 쏟고 간다
하지만, 또 가끔은
첫사랑마저 경매에 넘긴 그가
해 저물도록 한숨을 훔치다 간다

생각이 어둑어둑해질 때까지

윤오월
초순인데
모내기 끝난 들판이
야단법석입니다
다잡을 사연들도 없이
윗마을
아랫마을
청개구리들 다 모여 앉아
갑론을박 의견만 분분합니다
더러는
못난 내 흉도 보고
더러는 지들 잘난 체도 하고
또 더러는
가당찮은 입씨름으로
밤 깊은 줄도 잊고 소란을 피웁니다

그런 풍광을 추억하며
나는
좁은 논둑길에 넋 놓고 앉아

생각이 어둑어둑해질 때까지
아득히
캄캄한 무논만 바라봅니다

저녁 무렵이면

그 호수의 둘레길
비스듬히 기울어진 나무 벤치에
수척한 떡갈나무잎 홀로 앉아
수심에 잠겨 있다
물빛은 온전히 하늘빛인데
물결들만 잘난 체 경계를 다툰다
저녁 무렵이면
행로를 분실한 그림자들
서둘러 주인을 찾아 떠나고
저무는 햇살은
마디 굵은 손가락을 비비며
눈시울을 붉히고 있다
먼 타처로 철새가 떠나던
떠났던 텃새가 울먹이며 돌아오던
그런 기막힌 사연들조차 외면한 채
호수는 그냥 방관만 하고 있을 뿐,
이미 저녁 해는
먼 산의 이마 위를 외봉낙타처럼 지나가고
귀가할 생각마저 잊은 떡갈나무잎은

땅거미가 허공에 거미줄을 칠 때까지
호수만 뚫어지게 바라보고 있다

말의 집

가출한 말들이
허공을 떠돌고 있다
오갈 데 없는 표정이
한없이 석연찮다
무작정, 가출한 후
앞뒤를 가름한다는 건
그래, 분명 무모한 짓이다
그냥 서둘러 가출한다고, 오래
나를 가두었던 생각들을
쉽게 버릴 순 없는 것이다
밑도 끝도 없는 사연들이
부르튼 내 입술을 맴돌고 있다
주인을 잃은 풍문도
고아가 된 애틋함도 마찬가지다
만나기만 하면 티적거리던 허상들이
오늘은 의좋은 척 눈빛을 반짝인다
어설프게 귀가를 서두르면
선한 사람도 바보 취급을 받는 세상이다
업어치기를 하든 되치기를 당하던

그 말이 몸을 푼 그 집 문간방에는
허기진 풍문들이 모여 웅성거린다
그래, 그 말들을 해코지하지 않고
한 생의 행로를 톺아볼 수 있을까
구겨진 입들을 봉인한 후에
그 집의 사랑채에 가둬두고 싶지만
흠모하는 말들은 돌아오지 않는다

추상화

난생처음
비행기를 타고
제주도 여행을 떠나던 날입니다
다도해의 흐린 상공에서
깜짝 놀랐습니다
하늘에서 내려다본 섬들이
너무 신기한 것입니다
하도 많아서 셀 수조차 없었던
그 올망졸망, 크고 작은 섬들은
소화불량에 걸린 하느님께서
얼떨결에 실례를 범해놓은
똥 무더기 같았기 때문입니다
유년의 어느 한때
변비를 앓던 기억이 눈에 선합니다
한 사나흘 방귀만 끼룩거리다가
남의 집 고추밭에 숨어서
꾸역꾸역 아랫배를 비우던
그때가 불쑥 생각나는 것입니다
하느님도, 뱃속에서

다 못 삭힌 고해의 덩어리들로
어쩌면, 다도해의 섬들을 만들었을지 모릅니다
어깨너머로 한 덩어리
구부정한 등 너머로 또 한 덩어리
탐스럽고 살가운 똥 무더기들을
한 폭의 추상화에 담아놓은 것입니다

안부

어느 날은
배추나비가 쉬었다 가고
어느 날은
아카시아 꽃잎이 생각에 잠겼다 가고
또 어느 날은
떡갈나무잎이 낮잠을 자고 가고
또 어느 날은
먼 길 떠날 석양이
잠시 너의 안부를 묻고 가는
단산지*
그 외진 둘레길
나무 벤치에
오늘은 공허가 혼자 앉아
묵상 중이다

나도 잠시
너의 곁에 다가앉아
먼 산을 보고 싶다

* 단산지: 대구 봉무공원 내 저수지

분실신고

섣달
그믐이다
몇십 년 만에
찾아온 혹한이라고
야단법석이다
자정이 지났는데
도심의 불빛은
귀가할 생각을 잃어버린 것이다
오늘 밤도
분실한 그리움을
찾아 나선 간절한 눈빛들
정처 없이 골목길을 헤매고 있다

수몰, 이후

호수 속을 가만히 들여다보면,
휘어진 방천 너머
사래 긴 텃밭에 핀 배추꽃들이
하얀 앞니를 드러낸 채 손짓을 합니다
저녁 햇살에
제 몸을 사금파리처럼 부숴놓고
들녘의 풍경들을 모두 품은 호수
그 깊이 모를 수심에 묻힌 그리움들이
장독대 옆에 모여앉아 공깃돌을 던집니다
그러한 잠시,
달무리 이는 들창 가에 앉으면
물방아를 타던 그 애들이 쳇바퀴를 돌립니다
이젠, 모서리 낡은 사진첩만 펼쳐도
눈에 익은 풍경들이
말라붙은 코딱지처럼 거뭇거뭇합니다
그리움에 구겨진 야윈 얼굴들
몇 타래의 명주실을 풀어야
조약돌 같은 웃음소리를 다시 만날까요

저녁해가
호수의 물목을 희끗희끗 넘어가고 나면,
호롱불 밑에 다가앉아 호작질을 하던
손톱 까만 이름의 동무들아
오늘 밤은 곱게 풀피리를 불어라

세월, 참

돌아보니
세월, 참 모질더라

그대 속이나 긁으며 산 날들이
물안개에 어린 풍경처럼 아슴푸레하다
눈을 뜨니
다시는 돌려 감지 못할 사연들이
얽힌 타래처럼 뒤범벅되어 있다
입술을 깨물며 버틴 허울 탓일까
어물쩍 헛먹은 나이 때문일까
스물넷, 인연의 끈을 묶은 실반지에
눈물 콧물 원 없이 꿰매고 산 그대여
적막한 그믐밤
헛꿈을 움켜쥐고 더듬거릴 때도
삐딱해진 내 어깨를 다독여준 이여
그대가 버팀목이 되어주지 않았다면
혼자는 견디기 버거웠을 세월이다
여차하면, 술독에 빠져 설레발을 칠 때도
그대가 있었기에, 따뜻한

오늘이 있음을 나는 알고 있다
어쩌다 한갓된 위인을 만나
골 깊은 세월까지 함께 넘었으니
밤이슬도 애처로워 울었을 것이다
단칸방에 남매를 재워 놓고
돌아누워 밤새 끓인 그대 애간장을
여태, 모른 척 방관한 나는
그래, 정말 무지렁이다
지척거린 날보다 짧게 남은 그 행로
돌아보니, 세월 참
억장이 무너진다

낙동별곡洛東別曲

첫사랑의 명암들이 뛰어내린 바위에 앉아
그리움을 다비하는 낙동강을 봅니다
다시는 못 펴볼 사연들을 잔잔하게 풀어놓고
꺼이꺼이, 물새들은 우짖고 있습니다
해는 중천에 돋았지만
그 어둑어둑한 강심의 수초 밑에는
지난 홍수에 생이별한 어족들이 모여앉아
기막힌 서러움을 산란하는 것입니다
초승달도 슬픔에 겨우면 허리가 휩니까
단아하던 그 몸매도 활처럼 휘었네요
수신할 주소도 분실한 손편지를 움켜쥐고
기막힌 사연들을 강물에 띄웁니다
올해도 그 강둑길엔
패랭이꽃과 민들레가 활짝 필 것입니다
눈물겨운 기억들이 아슴아슴합니다
이 꽃 아니면 저 꽃의 향기로 남아있을
그 명찰의 이름과 단발머리 하나가
낮달처럼 그 바위에 앉아 풍경화를 그립니다
어적어적 소주 한 잔을 마시고

그 강에서 잡은 피라미를 씹어봅니다
비린내의 뒤꿈치에 꽃향기가 밟힙니다

그리움 Ⅱ

어제는
한나절 내내 샘물을 길어
돌확에 담았는데
풍경이 잠깐 눈을 붙인
지난밤
돌확이 꽁꽁 얼어붙었다
첫애를 임신한 산모의
부르튼 뱃살처럼
실금이 온몸에 문신을 새겼다
자해는 아닐 것이다
난감한 사연들이 자잘했으니
품고 산 그리움을
감당할 수 없다는 듯
자근자근
애간장만 난도질해 놓고
멍하니
하늘만 쳐다보고 있었다

착한 일

장마철인데
가뭄은 엿가락처럼 자꾸 길어졌다
멱 감고 놀던
실개천의 물길도 끊어진 지 오래다
함지박만 한 웅덩이 속에서
미꾸라지 형제
흙장난을 치고 놀았다
그걸 지켜보던 아이는
덜컥, 겁에 질린 것이다
그냥 두면, 자칫
질식할까 두려웠다
잠시라도
편히 숨을 쉬게 해주려고
형제를 물 밖으로 꺼내 주었다
햇볕 쨍쨍한
정오였다
그러한 잠시
형제는 진흙 투구에 갇혀
숨을 헐떡였다

캄캄한 언덕길

혼자 갔으니
그 길도 막막했을 것이다
어둠보다 막막한 길이
어둠보다 캄캄하게 길을 잃고 헤맸다
암울했다
두려움보다 무서운 어둠이
이유 없이 발등을 밟고 다녔다
정작, 가기 싫은 길을
허겁지겁 떠나려는 것이다
무심했다
생각은 아니다 아니다 하면서도
막막함에 밟히고
캄캄함에 밟혀 누운
생이별한 슬픔들이
지층처럼 켜켜이 퇴적되고 있다
그냥, 더듬거리며 사는
일이 쉬운 줄 알았는데
생각보다 더 은밀한 허상들이
고적한 퇴로를 따라

캄캄하게 똬리를 틀었다 풀고
어눌한 발걸음은
오래오래 제자리걸음을 하려는 것이다
밟히고 또 밟혀서
차돌처럼 단단해진 한 생의 허상들이
어둠 속을 섬뜩하게 기어 나오려나
계곡 저쪽 어딘가에서
겁 많은 부엉이가 캄캄하게 울고
새끼를 찾는 어미 고라니의 애틋한 울음소리
그리움에 주눅 든 캄캄한 언덕길을
쓰러질 듯 간절하게 넘어가고 있다

참, 얄궂다

그냥 바람도 아니고
태풍이 몰려온다는 것은
하느님이 나를 지켜보고 있다는 것
예순 중반에도
사람이지 못한 나를 꾸짖으려
태풍의 숨소리가 거칠게 다가온다
내가 사랑한 그 애를
하느님도 사랑하고 계셨던 것일까
시간의 그림자들
그리움의 먼지를 덮어쓴 채
동심원만 가당찮게 그리고 있다
엄혹하게 사랑했다는 것은
사랑보다 진솔한 슬픔의 미로에서
소매치기당한 기억을 찾아 떠돌았다는 것
그 애를 예쁘게 내게 보내준 것도
그 애를 예고 없이 데려간 것도
모두 하느님의 숨은 뜻이 있었던 것일까
참, 얄궂다
태풍이 이렇게 몸부림치는 것은
간절한 슬픔이 덧났기 때문이다

때가 되면

단산지, 오솔길을 혼자 걸었다
마주친 풍경들은 생경하고 어눌했다
어깨 삐딱한 미루나무 몇 그루와
싱겁게 키만 키운 백양목 몇 그루
허물어진 산비탈에 위태롭게 매달렸다
배우기 쉬운 것은 모난 짓이다
그림자마저 어깨 삐딱한 미루나무들이
곱게 지나려는 갈바람의 멱을 잡고 시비를 걸었다
그런 해코지가 보기 싫어
에둘러 휑하게 골짜기를 돌아서니
새끼를 찾아 나선 어미 산새들의 울음소리
허술한 숲속을 헤집고 다녔다
서럽다는 것은 애달고 슬프다는 것
때가 되면, 그 애달픔도 떨어내고
그 슬픔도 떨어낸 채
담담하게 단산지를 돌아볼 것이다

안개꽃

방천길이
온통
하얗다
안개꽃 세상이다
그 애가 좋아하던 꽃이다
그 애가 좋아하던 의상의 빛이다
그래, 전설처럼
수절하는 여인이 있다면
안개꽃 속치마를 입고 살 것이다
티 없이 야무진 꽃송이들이
애절한 의미도 없이
순백의 속살을 보여줄 리 없다
지난해
이맘때쯤
그 애는 또, 훌쩍
병상에 누웠다
선망 중에서도
혀끝에 달고 살던 애절한 그 말들
사랑한다는

사랑한다는
그 말을 엿들은
안개꽃들도
올해만큼은
가지런한 앞니마저 활짝 드러낸 채
보란 듯, 웃지는 못할 것이다

사치

흔한 이별 속에도
티눈은 박혀 있었다
일상처럼 그걸 예감하고 산
그 몇 해는
엄혹한 시간이었다
품고 삭힌 세월은 깊은 듯하였지만
버리고 찢어야 할 그림자는 얇고 초췌했다
그리고, 그 발자국은
더 쓸쓸한 바람이었다
눈만 뜨면
서러움이 가슴을 헤집었다
이별의 둥지 하나를 허공에 틀었다
사랑이 바람이란 것을
그리움이 슬픔이란 것을
너를 보낸 한참 후에야
나는 알았다
그런 기막힌 순간에도
봄바람은 훠이훠이 이승을 다녀갔다
한 번도 예전처럼 웃어지지 않았다

바람이 그 봄빛마저 데리고, 홀쩍
먼 길을 떠났다
미칠 것 같다던 그 말도
미친 듯 외치던 그 눈물도
그때는, 그게 모두
대단한 사치일 뿐이었다

배웅

너무 슬퍼서 더 낯설어진
초행길이다
걷다 보니
지도에도 없는
묘원을 헤매고 있었다
영문도 모른 채
돌아갈 길을 잃어버렸다
여기 어디쯤에서
만남을 언약한 것도 아니고
이정표를 밟고 찾아온 행로도 아니다, 그저
품앗이할 사연이나 숨기려다 자초한 일이다
그냥, 고개를 쳐들고
슬픔과 치열하게 샅바 싸움을 했다
와락 생경한 이름의 묘비명들이
두려움보다 단단한 눈물을 닦으며
야무지게 발목을 움켜잡았다
이런 기막힘과 부대낀 너와 나는
곤궁한 생의 미로를 건너오고 말았다
산다는 것은, 날마다

낯선 신작로에 서서
슬픔을 아름답게 배웅하는 일이다

초승달

서너 번은, 힐끗
또는 핼쑥하게
하늘을 쳐다본 것이 전부인데
지는 해는 서산을 얄본 것일까
목젖이 붉다
분주해진 퇴근길
일탈했던 하루가 생각보다 먼저
귀가를 서두르고 있다
그렇다고, 어눌한 그의 행보가
기를 펴는 건 아니다
그 모욕도 일주일만 참았으면
휜칠하게 뽐낼 수 있었을 텐데
갉아 먹힌 이마가 수상스럽다
동행하길 거부하는 너의 행보는
끝내, 기억의 뒷면은 보여주지 않고 있다
나 혼자 외진 벤치에
초승달처럼 앉아
지구와 달 사이의 거리를 손꼽아 본다
가만히 귀를 열어보면

펄펄 끓는 석양의 기침 소리
움푹, 패인
초승달의 이마를 간질이고 있다

귀향

고삐에 잡힌 멱살 때문에
요 며칠
꽃샘바람은 혼쭐이 났다
오늘도, 야무지게
산수유의 젖꼭지를 가랑비가 빨고 있다
살얼음이 웃녹은 연못 언저리
칩거를 풀고 나온 청둥오리 가족들
반가워 홰를 치며 어쩔 줄 모른다
이제, 이 비가 다녀가고 나면
안거했던 갯버들도 산문을 열고 나와
보란 듯 올챙이들과 상봉할 것이다
봄은 이래 살갑게
옆구리를 파고드는데
너와 나의 기다림은 또 헛발질이다
밤새도록
꽃샘바람이 치근덕거려도
군불 지핀 아랫목엔 온기가 돈다
더는 산수유가 보채지 않아도
첫사랑이 그리운 청둥오리들
서둘러 귀향길에 오를 것이다

44

쑥부쟁이

너의 유택에 들렸다가
돌아오는 길이다
그 산길의 어깨마다
네가 좋아하던
쑥부쟁이들
희끗희끗 허공을 밝히고 있더라
이 길 어디 즈음에서
다 내려지지 못할 그리움이
새벽이슬처럼 떠돌다 돌아갈 것이다
그래, 너무 간절한 생각조차
안중에도 두지 않고
남몰래 꺾어 온
몇 송이의 쑥부쟁이
바랜 사진첩 책갈피에 숨겨둬야 한다

추억

더듬거렸던 그 허공에
어렴풋이 벗어던진
맨발의 발자국이다
아니면, 소월의 낡은 시집이나
표지 찢어진 재활용지 일기장에
꾸욱꾹, 침을 발라 눌러 쓴
잃어버린 시간들의 견문록일 것이다
그래, 또 더러는
그대 어룽어룽한 구중심처에
깨알처럼 새겨놓은
해독 불능의 상형 문자판이다
그래그래, 또 더러는
더 쓸쓸하고 더 수더분한
그대, 납작하게 구겨진 그림자가
외진 골목길 담벼락에
삐뚤삐뚤 환칠해둔
초췌한 낙서들이다

목련 혹은 그리움

그 답답한 외투를 입고
참고
참고
또
참다
더는
참을 수가 없어서
그 넌덜거리던 의복마저
벗어던지고
겨우내
지층처럼 쌓은 그리움

차마 입고 못 벗을
그리움의 속치마
꽃샘바람 지분대는 창공에
하얗게 걸어 놓고
온종일
절규하는 그 꽃을 바라보고 있음

2부

비밀번호

비밀번호

허공에 뿌리를 내린
머리카락이 흠뻑 젖었습니다
더 서럽게 비를 품어봅니다
우산 속에 허공을 숨겨놓고 싶지만
그만큼 커다란 우산이 세상에는 없습니다
그래서, 그냥 바람과 일탈을 꿈꿔보는 것입니다
촉촉한 그리움은 빗소리에 쉽게 젖어 듭니다
마음이 몸보다 먼저 오한을 보듬습니다
함박눈처럼 비를 뭉치면
오뉴월에도 눈사람을 만들 수 있을까요
서너 달쯤은, 그의 살을 살갑게 비볐으면 합니다
첫눈에 뒤집힌 콩깍지 때문에
무작정 그를 흠모하며 산 우리는
늘 사랑이 출출한 민초로 삽니다
저만큼 비구름도 반가워 마중을 나옵니다
사랑은 빗물보다 늘 맑고 투명합니다
추억이란 이름도
참, 비를 좋아하는 명사 중의 하나입니다
가만히 손바닥을 펴고 앉으면

얼떨결에 찾아온 첫사랑이 눈물처럼 고입니다
가끔은 빗물도 어깨가 비스듬해집니다
한 폭의 추상화를 가슴에 펼쳐 봅니다
뻣뻣했던 그의 어깨도 그리움에 젖어서
구겨진 추억처럼 속앓이를 합니다
소나기 핥고 지난 길바닥 연못에는
껌딱지처럼 달라붙은 표정들이
계면쩍게 서로를 빤히 쳐다봅니다
또 한고비 비바람이 지축을 흔듭니다
잠시 그가 머물렀던 연못에도
운명 같은 지문들이 각인되고 맙니다
긁고 문질러도
처음부터 지워질 생각은 아주 버린 것입니다
더 오래 더 간절하게 동행하고 싶지만
지워야 할 사연조차 씻지 못한 우리는
생각의 물음표를 마시고 신열을 끓입니다
입으로는 다 버리고 다 찢었다 하면서도
덧칠한 기억들만 끌어안고 바둥거려 봅니다
함께 우산을 쓰고 걸었던 그 골목의 사연들도

함께 비를 맞았던 그 초췌한 시간들도
시든 꽃잎을 비질하듯 쓸어내지 못합니다
그냥 그렇게 부둥켜안고 살아갈 뿐,
먼 산의 능선보다 더 큰 산 그림자가
곤궁한 삶의 옆구리를 뜯어먹고 있습니다

이젠 그 비를 그치게 할
비밀번호를 찾아서, 우리는
먼 길을 까마득히 떠나야 합니다

시월의 담론

눈을 뜨면
나보다 먼저 일어난 새벽이
툇마루에 걸터앉아 구두를 닦았다
그러한 잠시
멱살을 움켜잡은 구겨진 넥타이가
물안개 내린 허공을 삐딱하게 쳐다보곤
헛기침을 걷어차고 대문을 나섰다

버스는 또 버릇처럼
약속을 어겼다
손목시계가 연신 눈싸움을 걸었다
짧은 기다림도
날마다 출근길을 초조하게 했다
생경한 인연들이
아무런 이유도 없이 발등을 밟고
옆구리를 밀칠 것이다
그리고는, 두 눈을 치켜뜨고
따박따박 말대꾸를 할 게 분명했다

바쁘다는 핑계로, 미처
수선하지 못한 구두의 뒤꿈치가
하루만큼의 애증을 갉아먹었다
어깨의 좌우가 어슷해졌다
사소한 언쟁도 쉽게 시비가 되고
쫓겨야 하는 줄도 모른 채, 나는
부산해진 시월에 쫓겨가기 일쑤였다

어느샌가
추월선 위로 팔을 뻗은 가로수의 손을 잡고
단풍들이 키득키득 야유를 보냈다
간밤에도 몇 채의 집을 짓고
또 몇 채는 허물고 대수선을 했다
대책 없이 날은 밝고
그 궁리도 까맣게 잃어버렸다

알츠하이머 환자도 아닌데
내려야 할 정류장을 향해 연거푸 헛발질했다
너무 깨끗한 시월의 하늘은

반듯한 기억이 착륙할 활주로마저 지웠다
결국은, 아무 데나 덥석 주저앉을 것이다
무엇엔가 홀린 듯
사표를 내고 돌아오던 그 날의 야무진 다짐이
야윈 발등을 밟고 서서, 새벽처럼
선연히 먼 산을 바라보았다
한 생의 이력이 이전투구를 했다

저녁밥을 동냥하지 못했기 때문일까
아랫배의 표정이 시무룩했다
어긋난 사유의 틈을 비집고
누군가는 분명, 뚫어지게
한 생의 안방을 훔쳐 볼 것이다
움켜쥐고 버텨온 기막힌 손금을
물끄러미 펼쳐놓고 운세를 보았다
엇갈린 우연처럼 오고 갔을
처연한 행로들이
절망보다 아득하게 새벽길을 달렸다

머나먼 외출

You Tube App을 터치하는 순간
레일 위를 달려가던 기적 소리가
비수처럼, 나를 향해 되돌아왔다
해가 저물고 나면, 쉽게는
의탁할 곳이 없는 그림자들
치사하게 허세를 부릴 것이다
영역만 넓혀 온 이데올로기가
갈등의 잔뿌리 몇 개를 키우고 있었다
입이 거친 그들은
어렵게 해후한 후에도
온전히 언짢음을 풀려 하지 않았다
정작, 별것 아닌 시비도 못 가린 채
시치미 뚝 뗀 아침을 만나야 했다
허공도 이정표를 분실하고
천년이나 비워둔 동굴 같은 시간 속에
남몰래 고요를 가둬 놓았다

하룻밤, 일탈했던 별들도
늦잠에서 깨어, 커튼을 반쯤 열고

계면쩍게 얼굴을 빼꼼히 내밀었다
휘어진 앞산의 능선 위에서
어둠과 결별한 후 가출한 아침
붉은 목젖이 보이도록 하품을 하고
아무것도 아닌 것을 혼자 다 품으려고
기차는 평행선을 달음박질쳤다

서로에게, 단 한 발자국도
양보하지 않은 채
허상들은 무심히 간이역을 통과했다
가속도가 붙어버린 방관과 체념들
그리고, 브레이크가 파열된 생각의 파편들이
무작정 선로를 이탈하고
머나먼 외출을 떠나는 것이다

그때가 문득

들길을 구불구불 걸어갑니다
허리 잘록한 뽀얀 발자국들
버릇없이 불어오는 먼지바람과
숨바꼭질합니다
그 아득한 풍광을 뚫고
연 싸움하기 좋은 바람이 지나갑니다
가오리연끼리 싸움을 붙여놓고
비인 들판을 쏘다니던 그때가 문득
먼지바람 덮어쓴 생각처럼 불투명해집니다
가만가만 책갈피를 펼쳐놓으면
물끄러미 나를 쳐다보던 옛
생각이 겸연쩍을 뿐입니다
더러는 꿈결에 놀란 듯
한줄기 소나기가 줄행랑을 치고
맨발의 삽살개와 맨발의 아이들이
빗물 고인 들길로 뜀박질을 나갑니다
생트집처럼 풀풀 먼지 날리던
그런 들길도, 이젠
생경한 이름의 신작로에 밟혀 눕고 맙니다

그대를 만난 것도 그맘때쯤입니다
막차를 기다리던 정류장에서
먼 산을
어둑어둑 바라보던 그대의 표정은
지금도 내 눈시울을 지르밟고
그 산을 꿈결인 듯 바라봅니다
마음 들뜬 선장마도
아직은 앉은 자리가 어수선한데
하늘은 또 금방 높아지려 깨금발을 딛습니다
한참이나 한산한
찻집의 창가에 앉아,
잊어버린 추억을 찾아 헤매다, 굼틀
굼틀 집으로 돌아가는
낯익은 아이의 뒷모습을 따라가 봅니다

코끝이
자꾸만 시큰거립니다

하느님의 심술

한두 번은 우연이라 믿었는데
벚꽃이 필 무렵
한 해도 거르지 않고
봄비가 내렸다

하늘은 푸른 창을 닫고
겨우내 참았던 그리움들
왈칵왈칵 서럽게 쏟아내는 것이다
단아함도 없이, 여차하면 새침해지는
계집애 같은 봄바람을 앞세워
벚꽃들의 향연을 시샘하기 일쑤였다
못 볼 것들 골라 보며 산, 내가 역겨워서
잔인하게 속풀이를 한다는 것을
이제야, 알았다
아니다, 심술궂은 하느님이
벚꽃이 몸을 풀기만 하면
더는 고까워 볼 수 없다는 듯
산내들의 벚꽃들을 타작하는 것이다
계집애들의 변덕도 사연이 있는 법

하느님의 심술도 분명 이유가 있을 터
올해도 벚꽃의 풍광은 코끝을 시큰거리게 하는데
그냥 두어도 때가 되면 엎어질 잔칫상을
며칠 더는 두고 보지 못해
온통 또 난장판을 만들어 놓았다

나무

전생에
나무도 추접한 인간이었을 거다
그것도 수다스럽고
혓바닥이 헤픈

실바람만 불어도
입술은 더 가벼워지고
귓불은 더 얇아져서

잠시도
생색을 못 삭혀
아주, 되바라진 속물 같은
그런 못된 인간이었을 거다

풍선껌이 눈에 밟혔다

종일 씹고 다녔던 풍선껌을
봉창에 붙여놓고 잠이 들었다
문풍지로 스민 바람은 딴청을 부리고
이불 밖으로 쫓겨난 발가락은 시린 잠을 깨웠다
달빛을 핑계로 달빛보다 밝은 함박눈이 내렸다
먼 산 계곡에서는 목이 쉬도록
부엉이가 내 이름을 불렀다
간절한 듯하였으나 소름이 돋았다
쭈그러진 백철 요강에 앉아, 잠이 깰까
나직하게 소피를 지렸다
그래도, 풍선껌이 눈에 밟혔다
고추를 잡았던 그 짭짤한 손으로
한 번 더 더듬어보고 이불을 덮었다.
이쪽에서 내가 당기면 저쪽에서는 막내가 당겼다
새우잠을 자면서도 줄다리기를 했다
귀 밝으신 증조할머니께서는 또, 헛기침을 하시고
그날 밤도 디딜 방앗간 시렁 밑에서는
암고양이가 울었다
지난 장날 팔려 간 새끼들 때문이다

서럽고 기가 찼을, 그 심정도 모른 채
생쥐들은 신이 난 듯 소란을 피웠다
죽은 듯 낮잠을 자고 난 후에는, 밤마다
천장 속에서 숨바꼭질을 했다
선듯선듯 웃풍이 돌고 나면
살이 튼 손등에도 꽃물이 돌았다
사분(sabun=soap)은 이름만큼 지체 높은 존재였다
조약돌로 문지르고 또 문질러도
땟국물 맑은 날은 하루도 없었다
그 겨울의 풍광이 허공을 순례했다
고뿔도 눈만 뜨면 동무가 되던 시절이다
소매 끝도 그랬고 오지랖도 그랬다
콧물이 말라붙어 번질거렸다
한 생의 궤적이 세월을 덧칠했다
꼭뒤에는 진버짐이 숙질 날 없이 피고 졌다
가위로 생머리를 시치고 된장을 발랐다
여차하면 상처는 덧나길 좋아했다
고름을 빨아먹은 된장 냄새가
짓무른 닭똥만큼이나 퀴퀴했다

가려움은 참기 힘든 고문이었다
어깻죽지도 가렵고 옆구리도 가려웠다
불면의 서캐들이 우리를 괴롭혔다
밤새 할퀸 손톱 밑에는 봉숭아
꽃물이 수채화를 그렸다
함박눈도 뜬눈으로 밤샘하기 일쑤였다
초가집은 허리가 굽어 곱사등이 되었다
이불 밑 아랫목도 훈기를 잃었다
목구멍이 터지도록 군불을 지펴놓고
참새 덫을 놓았다
등교할 생각은 꿈도 꾸지 않았다
결석은 너무도 당연한 의례였다
그런 날은, 앞니 빠진
증조할머니와 트랜지스터를 끼고 앉아
고춘자와 장소팔의 만담을 들었다
배꼽을 잡고 숱하게 까무러쳤다
대설 무렵 하루해는 너무 짧았다
나는 또 어제부터 씹었던 그 물컹한 풍선껌을
야무지게 붙여놓고 잠이 들었다

쓸쓸한 송가頌歌

쓸쓸했던 하루가
끝내 더 쓸쓸해집니다
선생님의 손편지를 음미하다
또 하루를 쓸쓸하게 보내려 합니다
하반신이 마비된 젊은 시인이
해 질 무렵 보내온 짧은 사연이
참, 쓸쓸합니다

더 많이 쓸쓸함을 파종하고
더 애틋하게 쓸쓸함을 씹더라도
쓸쓸함의 농도와 비중은 여전할 것입니다
쓸쓸할 줄 모르는 위인은
쓸쓸함으로부터 협잡을 당하고
때로는 시빗거리가 되고 맙니다
그래도, 오늘보다는 내일을
더 쓸쓸하게 파산하고 싶어서
쓸쓸한 빈혈을 수혈하거나
어금니 아프도록 쓸쓸함을 되새김질합니다

선생님, 훌쩍훌쩍
또 하루를 보내놓고 나니
뒷모습이 너무너무 쓸쓸해 보입니다
어제보다는 내일이 더 쓸쓸하길 원하는 걸 보면
저는 정말 쓸모없는 위인일 겁니다
조금만 더, 조금만 더 쓸쓸해지면
쓸쓸함에게도 미안함이 줄어들지 누가 압니까

그래서, 저도 가끔은
쓸쓸함과의 해후를 후회하며 삽니다
뾰족한 쓸쓸함의 송곳니가
혓바닥을 자꾸 깊이 깨물려고 합니다
바람이 찹니다
선생님께서도
오래오래 쓸쓸하길 빕니다

허수아비

언덕 위, 고택의 툇마루에 걸터앉아
그 강을 지켜보던 날들이 너무 그립다

어떨 땐
그 애가 쓴 손편지 종이배가
반갑게 노 저어 올 것 같았다
키 작은 회나무 그림자도
해 질 무렵이면, 깨금발을 딛고 서서
파장 짧은 잔물결을 바라보려 애썼다
발목도 아프고 목도 아팠다
떠 있는 휴지 한 조각에도 가슴이 내려앉아
눈꺼풀만 어룽어룽 깜빡이기 일쑤였다
그해 가을도 아득히 연민만 남긴 채
어미를 찾아 나선 어린 물새들의 울음소리
쏟아지는 별빛처럼 후둑후둑 지나갔다
강물은 수시로 캄캄한 화장을 하고
웃자란 고드름은 허리가 부러져도
자목련은 꽃샘바람을 껴안고 피를 토했다
그런 참혹한 사연들이, 수없이 오갔지만

다시 온 가을과도 해후하지 못한 채
나는 서둘러, 기약 없는 순례를 떠났다
이제 그 애의 손편지는
기다림의 주소마저 분실한 종이배가 되었다
그렇게 그 강을 지킨 지 몇십 년이 흘렀다
고택의 툇마루도 고목만큼 늙었다
깊고 푸르던 강물의 풍광도 언제부턴가
야트막한 실개천이 되었더라
아직도, 그 애의 안부가 궁금한 것은
다시는 이승에서 만날 수 없기 때문이다
나는 날마다, 그 애가 준 손거울 속에서 늙어가고
어쩜 그 애도
내 주머니 속 조약돌처럼 늙어갈 것이다
바보처럼, 오늘도 고택의 툇마루에 걸터앉아
반백의 허수아비 하나
뚫어지게 그 강을 바라보고 있었다

그리운 밤

풀피리 불던 문풍지가 그리운 밤
마실 갔던 기침 소리
돌아올 때면, 눈에 익은 발자국도 따라와
사랑방에 누웠다
그런 날 밤에는, 허공 저 끝에서
하현달을 목에 건 채
동짓달 드센 바람은 잠투정하고
문고리는 수시로 손가락을 깨물었다
그래, 그 엄혹했던 추위도 이젠
이빨이 빠졌다
강냉이죽도 그립고 서캐들도 그립다
가난도 부끄러움을 모르던 시절
억장 터진 곤궁함을 여태 품고 산
무술생戊戌生 개띠들은
시절을 잘못 만난 미생未生들이었다
그 전설 같은 유년의 이야기도
이제는 그네들의 담론거리로 남았다
죽은 형의 호적을 물려받은 놈도 있고
태생이 약골인 놈은

호적도 근근이 얻어걸리기 일쑤였다
그때는 대개 그랬던 시절이다
탯줄이 잘린 해는 같았지만
성질 급한 몇 놈은, 이미
먼 나라로 훌쩍 이민을 떠났다
발등을 밟은 놈도 무술생이요
밟힌 놈도 무술생이었다
그런 견부견자犬父犬子들이 살던 집도
하나같이 이제는 행댕그렁할 뿐이다
몇몇은 개띠만큼 흔한 암으로 떠나고
또 몇몇은 개띠보다 흔한 사고로 요람을 등졌다

첫눈이 기다려진다
개띠들은 미친 듯 날뛸 것이다

얼떨결에

해 질 무렵이면
그 애와 자주 걷던
방천길을 또 걸어봅니다
오늘따라
무엇엔가 홀린 듯
첨벙첨벙
강물에 뛰어든 석양마저
나보다 한참이나 서럽게 울고
방천길 비탈에는
해갈이 한 달맞이꽃이 지천입니다
얼떨결에
그만 나는
그 꽃 한 송이를 꺾어 강물에 던져놓곤
숨기고 산 애틋한 사연이
큰 잘못이나 되는 듯
속절없이 돌아서서 훌쩍거립니다

절벽

같은 꿈을 꾸고, 날마다
나의 꿈을 미행하는
그 낯선 위인이 누굴까
생경한 산야를 쫓겨가다 눈을 뜨면
또, 언제나처럼
꽝
꽝
아득한 절벽 앞에 서 있다

나도 누군가에게는
내가 마주 섰던 그 기막힌 절벽보다
더 참담한 절벽일 때가 분명 있었을 거다
절벽처럼 내가 너를 보고 있을 때나
당신이 절벽처럼 나를 보고 있을 때도
더는 구차하지 않으려고 발버둥을 쳤다

사람답게 산다는 것은
퇴로가 없는 절벽 앞에서
나로부터 멀리 탈출하는 일이다

행여, 불현듯

빈집에서
또 하룻밤을 묵으려 합니다
유물이 된 두레상이나
자잘한 세간들도 그대로인데
당신만 계시지 않는 빈집입니다
이미, 쥔 행세를 하는 한기와
사랑방에 함께 누워
당신 생각에 오는 잠을 쫓아봅니다
한 철만 비워두면
새집도 바람이 든다면서
잊을만하면 복덕방에서는 전화를 합니다
한 생을 건사하신 집이기에
함부로 처분할 맘을 잃어버린 것입니다
눈길 가는 곳마다
당신의 손때가 빤질빤질합니다
더러는 울컥울컥
간절한 그리움이 목을 옥죄고
속이 쓰립니다
반듯하게 꽂힌 족보를 펼쳐봅니다

거기, 당신의 함자 밑에
우리 4남매와 손자 손녀들의 이름까지
정갈하게 등재해 놓고 떠나셨네요
파란 볼펜으로
경순왕 38대손이라 쓰신 당신의 손글씨가
또박또박 눈물을 즈려밟고 옵니다
행여, 불현듯 오셨다가
불청객이라도 만나 당황하실까 봐
셋째가 퇴직하고 돌아올 때까지는
이렇게 한참은 비워둘까 합니다

낙화

탱자 울도 수시 넘나드는
배추나비처럼, 나도 가볍게
두려움의 경계를 오가고 싶었다
야무지게, 한 생의 허공을 채색하려고
관종 짓은 처음부터 염려하진 않았다
가시의 틈과 가시의 틈 사이를
사유의 DNA가 날아다닐 수 있었던 것은
언 땅의 휘장을 젖혔던 새싹들이
고요하게 기립박수를 쳤기 때문이리
어떤 조막손은 잎이 되고
어떤 조막손은 꽃이 되려 했으니
그런 후엔, 날마다
겨드랑이가 간지러워 애간장을 태웠을 거다
때가 되면 밝혀질 몸부림이었다
그 간절한 설렘의 실루엣을 품고
그윽이 실눈을 감아 보았다
너울너울 첫사랑의 향기
콧등에 살그머니 내려앉는 순간
경계가 사라진 허공 속으로
기약 없는 순례를 나는 떠났다

돌팔매질

천년의 잠을 깨웠으니
신경질 난 와불이 돌팔매질을 할 법도

그렇게 눈을 떴으면
직립을 먼저 갈구했으리라
투박한 산맥의 무릎을 베고
산천을 톺으며 산 고단한 세월
좌선과 포행을 꿈꾸었을 것이다

보살도 동자승도 입방아가 한결같다
법당 뒤에서 방뇨하던 처사가
와불의 돌팔매를 맞고 기절했다는 것이다
본 사람은 없고
들은 사람은 많지만
범인은 분명 와불이란다

생각할수록
와불의 눈빛이 수상스러웠다

외로운 사람

스스로, 또 한 사람이
먼 길을 떠났다
견딜 수 없다던
외로움의 모자를 벗어놓고

요즘 세상에
외롭지 않다면
거짓말 아니면 구차한 변명이다

가끔 외로운 사람이나
자주 외로운 사람이나
외롭기는 오십보백보다
외로움을 타는 사람이나
외로움을 낳는 사람이나
외로움은 더 이상 부끄러움이 아니다
외롭다는 것은
마음이 고프고 출출하다는 것,
돌아다보면
저기도 마음 고픈 사람들

여기도 마음 출출한 사람들
남몰래 외로움을 채굴하고 있다

들길로 실개천으로
저마다, 삐뚤삐뚤 내디딘 한 생의 뒤꿈치
또는, 외로움을 찾아 나선 더 외로운 발자국들

외로움도 늙으면
괴팍함만 어슷해지는가
외로운 그림자들
짜증이 늘어간다

3부

멀리 나는 새

허송세월

-사람이 보이면, 일단 멈춤-

현수막 내걸린 횡단보도
앞에, 멍하니 서 있었다
신호등이 없다
차들이 멈춰야 건너갈 수 있는데
손을 들고 돌아봐도
본체만체다
무심히 지나가는 차들의 행렬
그들에겐 내 모습이 보이질 않는 것이다
나를 보지 못한다는 것은
내가 사람이 아니라는 의미다
부끄럽다
여태, 사람인 줄 알고 살았는데
야무진 착각이다
허송한 세월이 너무 얄밉다
사람이지 못한 내가, 참
가증스럽다
그래, 내가 나를

온전히 속고 속이며 살아온 것이다
해는 중천에 와 있는데
눈을 뜨고
그 해를 바라볼 수 없다

화석

한 시대를 온전히
평정한 이후
더는 이승에 연민이 없다는 듯
의문투성이의 발자국들만 그 바닷가
너럭바위에 남겨둔 채
훌쩍 종적을 감춘 티라노사우루스도
그냥 하나의 공룡알에 불과할 때는
정말 아무것도 몰랐을 것이다
그저 캄캄하고 비좁은 공간이
세상 전부인 줄만 알았을 거다
또, 더러는
실눈도 한 번 떠보지 못한 채
이승과 작별한 곤 알이 되고 말았을 땐
바깥세상이 얼마나 넓고
기상천외한 곳인지는 어림도 못 했을 것이다
천하무적이 될 자기의 모습이
얼마나 대단스러운 것인지
한 번 상상도 해 보지 못한 채
그냥, 하나의 화석이 되고 말았을 거다

돌탑

천 년 전
민초들은 입이 없었다
본 것이나 들은 것이나
모태 중에 그 입을 봉인했기 때문이다
동구 밖 길모퉁이엔
민초들에게 걷어차인 돌멩이들이
초라한 탑 하나를 쌓아놓았다
곤장 몇 대쯤이야
대수롭잖던 시절이다
몇 대의 뺨따귀를 맞고도
정중하게 목례하고 살아가던 시절이다
태어날 때부터
말문이 족쇄를 찬 건 아닐 것이다
열린 입도 잠그고
열린 귀도 단단히 봉인해야 산다는 것을
그들은 스스로 터득했기 때문이다
지천인 서러움과
지천인 울화통이 서로 등을 기댄 채
또, 천년을 아웅다웅 동행할 것이다

천성암

천성암에서는
스님이 독경을 하면, 목탁은
딱따구리의 몫이었다

그럴 때면, 그 산의 겨드랑이에
무단입주한 금수들도
더불어 합장하고 묵언 정진했다

때로는, 스님이 탁발을 나가시면
암자에 홀로 남아 심심해진 산바람은
목이 쉴 줄 모른 채
밤새워 반야경을 읊고 또 읊었다

그런 날 아침이면
해가 중천에 뜰 때까지
딱따구리는 늘어지게 늦잠 공양했다

* 천성암 : 팔공산이 품은 암자

86

동물원 풍경

범이라는 말 한마디에
첨엔, 오줌을 지리던 애들이
이젠 그 범과 마주 서서
장난을 치고 있다
철조망 울타리를 사이에 두고
손짓도 하고 고함을 지르는 것이다
멀리 동화처럼 추방된 동물원에서
그 범을 처음 본 이후, 기겁했던
내 기억의 발자국은 여태 너무 생생하다
이젠 범 나온다는 말에도
뒤꿈치 튀어나온 헌 양말처럼
덤덤한 위인이 되어 버렸다
범과 아이들이 친구가 된다는 것
예전에는 누구도 상상하지 않았다
그 범이 무서워 은둔했던 야사의 위인들도
잘 익은 곶감들, 희끗희끗 수다를 떨 즈음에는
잊고 살던 추억들과 해후를 한 듯
우두커니
그 추억의 동물원 우리 앞에 서서
말갛게 쓴웃음을 지울 것이다

볼록거울

때 묻은 볼록거울 앞에
때 묻은 그가 서 있다
빈 깡통처럼 쭈그러진 표정으로
여차하면
아는 체하길 좋아하던 그가
멍들고 구겨진 채 서 있는 것이다
습작생이 그린 입체화처럼
투박한 입술도
툭 불거진 두 눈도, 이미
한쪽으로 삐딱하게 무게 중심을 옮기고 있다
체면을 구긴 지도 한참이다
구겨진 콧등도 몰강스러울 뿐
뻔뻔하던 그의 눈길이
몇 걸음씩 계면쩍게 물러나려 한다
움츠렸던 고개를 펴면서, 성큼
거울 안으로 들어선 그가
얼룩지고 빛바랜 볼록거울 같다
여태 숨기고 산
그 허접한 허울 때문에

정작, 그의 민낯은 보지 못한 것이다

볼록거울은
참, 정직했다

불참 선언

한때는
같은 웅당에서 오글거린
올챙이들이, 오늘은
부부가 함께 만나는 날이다

개중에는
헛발질 잘하는
한두 위인이
어질고 순한 애들을 주눅 들게 할 것이다
어쩌다, 뒷발로 생쥐를 잡은
그 위인이 그렇고
또 다른 위인은
걸출한 입심으로 여린 기를 죽인다

예순 중반이면
어지간한 강골들도
독한 술 몇 잔에 기절하기 마련인데
잡기에 해박한
몇몇 위인들 때문에

모임은 또 의례 난장판이 된다

그런 날 밤이면
우리 중의 한두 부부는
밤새워 말꼬리 잡기 시합을 하고
또 한둘은 다음 모임에서
부지런히 꽁지를 감추고 만다

귀태 鬼胎

나만 보았던 것일까
귀태란, 그 생경한 낱말이
민낯으로 도륙을 당하는 것을
송곳니에 찢기고 어금니에 짓밟힌 체
그 광장의 지체 높은 문루에
해 질 녘 풍광처럼 내걸린 것을

태어나면 안 될 목숨이
위정의 탈을 쓰고 태어난 것이라고
죽창을 든 반상들이 외친다 해도
축생이거나 금수거나
목숨은 고귀하고 거룩한 것이다
그렇다, 누가 누구에게
함부로 귀태라 치부할 수 있는가
한순간이다
귀한 목숨이 귀태가 되는 것도

그래, 어쩌면
우리는 모두 귀태일 것이다

가면

같은 먹잇감도
그에겐 일용할 양식이고
나에겐 한 끼의 허기를 때우는
먹이일 뿐이었다

의상을 벗었다

한 발자국씩
속옷이 벗겨진 행로 위에
뚜렷이 음각된 그의 비루한 이력들
장마 휩쓴 텃밭의 고랑처럼 깊다
그에게는 훌륭한 양식이지만
내가 좋아할 식감은 될 수 없다
실속 없이 숨겼던
의복을 벗어놓고
당당하게 아침 햇살과 맞서려는 것일까
오래 묵은 아집이, 몸짓 서툰
그림자의 손목을 움켜잡고, 머나먼
순례를 떠나려는 것이다

그래, 어쩌면 분꽃도

분꽃을 탐하고 있다
탕자처럼, 젖가슴을 열고
다음은 입술을 훔치려는 것이다
아득하다
무시로 속치마를 들춰보려는
그 망측한 버릇 때문에
분꽃은 울화통이 터진 것이다
맨 처음, 나를 미혹하던 그 여린 몸짓이
자꾸 그리워진다
먼발치에 서서 살가운 눈빛 하나까지
남몰래 가슴에 담아야 했음을
어쩜, 그 애는 몰랐을 것이다
내 마음을 훔쳐 간 늦은 봄밤처럼
틈만 나면 나비는 분꽃을 탐하고 있다
그래, 어쩌면 분꽃도
그 나비가 첫사랑이었을 것이다
시새움에 지쳐 시든 분꽃들, 떨어져 누운 창가에
박제된 나비 한 마리
압핀에 꽂혀 있다

타협

더벅머리를 빗질하듯
뒤숭숭한 생각들
반듯하게 가르마를 타고 나선 오후
난장 어귀에 풀어놓은, 그의 좌판 옆에
포실하게 산 이력들을 펼쳐놓았다
이쪽으로 내가 눈짓을 하면
그는 저쪽으로 손사래를 쳤다
더는 잃을 것이 없다는 몸짓이다
아집을 차고 버틴 버릇 탓일까
갈등의 족쇄는 생각보다 깊고 단단했다
흥정의 성사는 쉽지 않았다
밀고 당기는 사이에 해는 저물고
집착은 연기처럼 똬리를 틀었다
나이보다 운신이 좁아진 나는
포유류란 사실마저 망각하고 살았다
방관이 타협의 손을 놓고 한숨을 쉬었다
그래, 종종 먼 산을 쳐다보던 그도
캄캄한 어둠 속에 숨어서
엄숙하게 푸른 하늘을 쳐다볼 것이다

청춘

빛과 어둠 사이에도 경계가 있듯
철새들도 오가는 길과 철이 다르다
짝을 짓고 둥지 트는 일도 마찬가지더라
우리의 청춘도
때나 시절은 달랐을 것이다
봄비에 웃는 꽃도 있고
찬 이슬에 웃는 꽃도 있다
두서없이 한발 앞서고
어쩌다 한발 뒤지는 것이
대수는 아닐 것이다
일찍 철이 들었거나
늦게 철이 들었거나
그것이 한 생의 척도일 리 없다
쫓겨가며 사는 것이 청춘이고
쫓아가며 사는 것이 청춘이라고
다투어 부산을 피우고 있다

그런 너와 나 사이에도
말 못 할 그림자 하나쯤은 숨어있을 것이다

성찬

애벌레가 고목을 타고 있다
대수롭잖게
이승의 험지를 순례하고 있는데
까마귀 한 마리
고목의 우듬지에 앉아 군침을 삼키는 것이다

심성 고운 벌레야
너는 참 착하구나
아침밥을 굶은 줄 어떻게 알고
누추한 예까지 찾아주다니
두려워 말고, 좀 더 가까이 올라와 보렴
성찬이 눈앞에 있으니, 더 출출하구나
오늘은 정말 운수 좋은 날이야

벌레는, 그런 줄도 모르고
옹이 속에 손수 지을 은밀한 둥지에서
한 생의 일탈을 궁리 중인데
더는 기다릴 수 없다는 듯
까마귀는 날개를 퍼덕거렸다

멀리 나는 새

눈앞에 있을 때는
따뜻한 이름이었다
먼지 묻은 웃음소리들
서둘러 돌아간 놀이터에는
만찬에 초대받지 못한 비둘기들
다투어 입방아를 찧고 있었다

멀리 있을 때는
예쁜 이름만큼
이목구비 반듯하던 새들에게도
다정하게 불러줄 이름이 마땅찮았다
그냥 두루뭉술하게
새 떼라고밖에 호명할 수 없음이
매양 서러웠을 뿐

훌쩍, 그렇게
이승에서의 그 이름을 더 궁금해할까 봐
더 멀리 더 아득히 새들은 날아갔다

이젠 까만 점 하나일 것만 같은
새 떼를 보면서
그 애와 나누었던 수많은 사연도, 어쩌면
까만 점 하나밖에 되지 않을 거라 생각하니
단 한 번만이라도
그 애 곁에 다가앉아 먼 산을 보고 싶다

맨주먹

그의 유산은 맨주먹뿐이었다
잡지 못할 허공을 움켜잡으려고
눈만 뜨면, 버릇처럼 궁상을 떨었다
그래, 가까스로 움켜쥔 허공 한 자락은
얼마나 곤궁한 민낯으로 그를 배웅하였을까
행로가 너무 반듯하였지만
저녁연기 같은 풍문이
한 생의 여백을 치졸하게 만들었다
외진 비탈 묘원에서
그를 보내고 오는 길인데
보지 말 언쟁을 엿듣고 말았다
쓸쓸했다
잿밥에 눈먼 사연들이 뒤엉켜 있었다
유혼은 아직 구천에 있을 텐데
피붙이들의 연출이 너무 서글펐다
그를 닮았던 나의 맨주먹이
한동안은 눈물을 훔치려 했다

모순 혹은 그림자

말끝마다 싫다면서
눈만 뜨면, 그의 손을 잡고
산천을 휘돌았다
마음만 밉다고
이별을 궁리한 것은 아니지만,
해가 지고 달이 떠도
그 궁리는 연거푸 허사일 뿐,
싫어하는 만큼, 그의 집착은
가뭇없이 집요했다
어느 날 문득
지나온 골목길을 더듬어보니
그 길목 어귀마다, 납작하게 건조된 발자국들
마른오징어처럼 엎드렸다
야무지게 얇아지고 딱딱해진 표정으로
빠짐없이 그의 일상을 기록한 것이다

그런 죄목으로, 내가 만든 감옥 속에
그를 가둬둔 지 오래다
그 고약한 짓이 나의 취미라는 것을
정작 나만 모른 채

천수관음

배가 부르다

자인으로 넘어가는
큰길가에
이열종대로 늘어선 이팝나무들
며칠 밤낮
이밥 상 차려놓고
발원 중이다

이밥이란 말 한마디에
군침이 돌고
그 밥 한 그릇이면
사나흘은
아랫배 든든하던 시절이 있었는데
자꾸만 눈시울이 아득해진다

하지만, 고봉으로 눌러 담은
꽁보리밥 사발에
드문드문 티눈처럼 박혀 있던

이밥떼기들
그 귀한 맨밥에는
조선간장에 볶은 깨
몇 알만 뿌려 얼버무려도
입안 가득 식감이 돌기도 했는데

남매지* 지나
자인 넘어가는 큰길가에
천수관음이 받쳐 든 하얀 연등 같은
수천수만의 이밥 그릇들
허공을 밝혀 놓고 묵상 중이다

* 남매지男妹池 : 경북 경산시 소재 저주지

안거

오랜만에
찾아온 그의 거처는
열어두던 산문이 굳게 닫혀있다
탁발이든, 만행이든
산문은 열어놓고 다닐 테니
체면 차리지 말고 가져갈 것
다 가져가라고, 너스레를 떨더니

그 서너 달 사이
귀천할 때 품고 갈 엽전
몇 꾸러미라도 생겼다는 것일까
아니면, 세파에 눈이 멀어
고운 심성마저 잃어버린 탓일까
큼지막한 자물통을 보란 듯 채우고
암자는 묵언 중이다

산문을 닫아건 것은
남은 생의 몇몇 순간들도
눈과 귀를 닫고 살아볼 수행일지도

법당 마당엔
돌부처 혼자
먼 산과 마주 앉아 있다

착각

새끼를 네 마리나 낳았다는
자랑질에, 입술 마를 날이 없더니
수컷 한 마리만 남긴 채
선심 분양을 했다고
그의 닳은 입술은 얄팍해져 있었다

반려견이 사람보다 훌륭하다니
그 새끼 수컷이 자라면서
암컷인 엄마를 사이에 두고
부자간의 애정 다툼이 가관이라 했다

틈만 나면 물고 뜯고
그렇게 훌륭하다던 반려견이
목불인견이라니

반려견도 한낱
짐승이란 것을, 깜빡한 그가
너무 난감해 보였다

해설

호숫가의 낡은 벤치,
가슴에 육박해오는 그리움

호 병 탁(시인 · 문학평론가)

1

김환식의 시집『생각이 어둑어둑해질 때까지』의 첫 번째 작품「생각의 집. I 」을 읽으며 대하게 되는 '생각'에 관한 문장들, 즉 "생각의 행로" "생각도 종종 트집을 부리면" "가시를 품은 생각들" "생각의 문지방" "생각보다 깊게" 등의 문장들을 보며 나는 '생각'이란 말이 우리의 일반적인 생각보다 얼마나 많은 함의를 가지고 있는지, 또한 우리가 이 말을 별생각도 없이 얼마나 자주, 흔히, 마구 쓰고 있는지 깜짝 놀라며 '생각'이란 어휘에 대해 재삼 생각하게 되었다.

나는 위의 한 문장에서 '생각'이란 말을 무려 열세 번이나 사용하였다. 독자들도 이제 '생각'에 대해 관심을 두기 시작했을 것이다. 작품을 보며 논의를 계속하자.

강둑에서 내려다보면
더벅머리의 허상들
물에 빠진 미루나무처럼
거꾸로 서 있다
소나기가 오려나 보다
생각의 행로가 끄무레하다
공연히 보채기만 하던
천둥 번개도 귀가를 서둘렀다
이젠, 허공도 공허할 뿐이다
생각도 종종 트집을 부리면,
생의 씨름판도 난장이 되고 말 것이다
영역싸움을 하든
사랑싸움을 하든
가시를 품은 생각들은
숨바꼭질하기 마련이다
가시를 밟지 않고
가시밭길을 온전히 지나갈 수 있을까
눈꺼풀에 매달린 허상들이, 연신
생각의 문지방을 들락거렸다
휑하게 비었다
유효기간이 지난 말들을 구기고 찢어
휴지통에 던지고 나면

생각보다 깊게
첫닭이 울었다

–「생각의 집 I」전문

앞서 언급한 것처럼 인용된 시는 시집 첫 번째 수록된 것으로 그만큼 시인의 시세계가 갈무리된 중요한 비중과 의의를 가진 작품으로 판단된다.

시는 "강둑에서 내려다보면/ 더벅머리의 허상들"이 "물에 빠진 미루나무처럼/ 거꾸로 서 있다"고 강둑에서 본 풍광을 묘사하며 시작된다. 그렇다. 강물에 비친 나무는 '거꾸로' 보이게 마련이다. 그리고 그것은 실상이 아니라 '허상'인 것도 사실이다. 그런데 왜 화자에게 미루나무는 얌전치 못하게 흐트러진 '더벅머리'로 보이는 것일까. 출렁이는 물결 때문에 그렇게 보일 수도 있다. 그럼에도 '빠져', '거꾸로' 더벅머리 허상과 같은 표현은 강둑에 서 있는 화자의 심경이 뭔가 안온하지는 않다는 것이 느껴진다.

화자는 다음 대목에서 "소나기"가 올 것 같다며, 그래서인지 괜히 시끄럽던 "천둥 번개도 귀가를" 서두르고 있다고 주위 상황을 묘사한다. 역시 날씨도 화자의 어두운 심경처럼 화창하지는 않은 모양이다. 그리고 "생각의 행로가 끄무레하다"고 화자의 '생각'에 대한 첫 번째 생각이 발화된다. 일반적으로 '생각'이란 어떤 일에 대한 의견이나 느낌 또는 사물을 헤아리고 판단하는 정신작용을 의미할 것이다. 그런데 이 말에는 '어떤 일을 하려고 마음을 먹는다'는 뜻도 있다. 예로 '그곳에 갈 생각이다' 하면 '그곳에 가려고 마음먹는 것'과 같다. '행로'는 우리가 가야 할 길이다. 그런데 그 길이 "끄무레하다"고

화자는 말하고 있다. 가고자 하는 길이 "끄무레" 즉 '어
둑어둑' 하니 길 위의 "허공도 공허할 뿐이다" 이 말은
시집 제목『생각이 어둑어둑해질 때까지』와도 맥락을 같
이 한다. 화자의 어두운 심경이 다시 드러난다.

"생각도 종종 트집"을 부릴 때가 있는 모양이다. 그런
데 '생각'에는 술 생각이 난다처럼 무얼 '바라는 마음'의
뜻도 있다. 그러나 이 바라는 것이 잘 안 될 때도 많다.
그렇게 되면 무슨 판을 벌이든 "난장이 되고 말 것이다"
왜 생각대로 이루어지지 않을까. "가시를 품은 생각들"
도 있기 때문이다. '생각들'이라고 복수형으로 표현하고
있음을 유념해야 한다. 이는 다른 사람의 생각도 있다는
말이고 그것은 가시를 품을 수도 있고 또한 서로 "숨바
꼭질"도 할 수 있다. 화자는 "가시를 밟지 않고/ 가시밭
길을 온전히 지나갈 수 있을까" 자문하고 있다. 어두운
심경에 '갈등'의 심사까지 엿보인다.

이제 화자의 "눈꺼풀에 매달린 허상"들은 계속 "생각
의 문지방을 들락"거린다. 고향 '생각'이 문득 나는 것처
럼 '생각'에는 '옛사람이나 옛일에 대한 기억'의 뜻도 있
다. 옛 기억들이 생각의 문지방을 넘나들지만 이제는 그
것도 '허상'에 불과하다. 모두 "유효기간이 지난" 것이다.
화자는 옛일의 허상을 "구기고 찢어/ 휴지통에" 던져버
린다. 여기까지가 작품의 첫 연이다.

둘째 연이자 마지막 연은 "생각보다 깊게/ 첫닭이 울
었다"라는 짧은 문장이 전부다. 앞에서 '생각의 행로',

'트집 부리는 생각', '가시 품은 생각', '생각의 문지방' 등 여러 함의를 가지는 '생각'들을 살펴보았다. 그런데 여기에서의 생각은 '예상'을 뜻한다. 즉 '예상보다 깊게'라는 말과 같다. 그런데 "생각보다 깊게" 무슨 일이 일어나는가. 의외로 "첫닭이 울었다"이다.

실상 작품은 화자가 강물에 '거꾸로' 비친 '미루나무'를 보며 자신의 내부 의식에 흐르는 여러 어두운 마음들을 생각이란 정신작용에 빗대 기술하고 있음에 다름 아니다. 의식세계는 현실과 달리 선線적인 '시간순서'가 없다. 강둑에서 내려다보던 풍광도, 소나기 올 것 같은 날씨도 '낮'의 일이지만 의식의 흐름 속에서는 첫닭 우는 '새벽'으로 바로 이동할 수 있다. 무엇보다 중요한 점은 화자의 사유가 그만큼 '깊고' '길고' 고뇌에 차 있다는 것이다.

이 작품은 상당히 어려운 관념시가 될 뻔했다. 여러 언술이 '생각'을 매개로 한 상호작용을 통해 복합적인 비유의 구조를 만들어 내고 있기 때문이다. 그러나 독자의 접근을 힘들게 하고 머리를 싸매게 하는 곳은 없다. 김환식 시의 큰 미덕의 하나라고 본다.

2

앞의 작품에서 "공연히 보채기만 하던/ 천둥 번개"라는 문장과, "말들을 구기고 찢어/ 휴지통에 던지고"라는 문장이 눈길을 끈다. 우리는 '우르릉대며 보채는' 천둥소리를 '귀로' 듣는 것 같고, '구기고 찢겨 던져진 말'들을 '눈으로' 보는 것 같다. 강력한 심상을 가진 감각적 문장으로 작품에 담긴 중요한 문학적 장치라 아니 할 수 없다.

일몰의 풍경 속에
자주 등장하던
낡고 바랜 나무 벤치가
그 호수의 길섶에
터를 잡은 지 오래다

걸핏하면
궁상맞은 그림자들이
잠깐씩 고단함을 풀고 가는
그 벤치는, 호수 건너
외딴 양철집
해묵은 풍경보다
더 붉고 고즈넉하다

가끔은
달그림자가 달포씩 월세를 살다 가고
또, 가끔은
주인 허락도 없이
쓸쓸함이 한나절씩 낮잠을 자고 가고

또, 어떨 때는
주체 못 할 그리움이 눈물을 쏟고 간다
하지만, 또 가끔은
첫사랑마저 경매에 넘긴 그가
해 저물도록 한숨을 훔치다 간다
                              —「걸핏하면」 전문

　일상 언어는 듣는 사람을 이해시키는 데 치중하지만
문학 언어, 특히 시어는 이해뿐 아니라 감각, 정서, 상상
력을 창출하고자 힘을 쏟는다. 이를 위해 시인은 일상
언어보다 훨씬 전압이 높은 언어를 구사하고 또한 여러
문학적 장치를 견인한다. 앞에서 우리는 '귀로' 듣는 것
같고, '눈으로' 보는 것 같은 문장을 보았다. 즉 시인은
우리의 감각을 직접적으로 자극하는 강한 '심상'과 이를
더욱 시적으로 전개한 '비유'를 채택하고 있는 것이다.
　작품 첫 연은 시적 배경으로 "호수의 길섶에" 오래된
"낡고 바랜 나무 벤치"가 놓여 있는 "일몰의 풍경"을 묘
사하고 있다. 화자는 둘째 연에서 이 "나무 벤치"는 "궁
상맞은 그림자들이/ 잠깐씩 고단함을 풀고 가는" 곳이라
고 말한다. '궁상맞다'는 것은 '초라하고 꾀죄죄한 것을
뜻한다. 세월의 비바람 속에 낡아버린 벤치도, 특별히
갈 곳도 없어 '걸핏하면' 이곳에 와서 쉬었다 가는 사람
도 다 궁상맞기는 마찬가지다.
　마지막 연이자 셋째 연에서는 '궁상맞은' 것 외에도 이

벤치에 "가끔은" 다녀가는 존재들을 하나하나 서술하고 있는데 단연 작품의 핵심 부분으로 보인다.

우선 "달그림자가 달포씩 월세를" 산다. "또, 가끔은/ 쓸쓸함이 한나절씩 낮잠을 자고"간다. "또, 어떨 때는/ 주체 못 할 그리움이 눈물을 쏟고" 가기도 한다.

월세를 사는 것은 '달'이 아니라 그 '그림자'다. 달의 그림자는 상현, 보름, 하현, 그믐을 관계치 않고 달포 동안 계속 존재한다. 따라서 월세 산다는 말은 일리가 있다. 여기서 특별히 주목해야 할 점이 있다. 시인은 명사 대신 동사를 사용하여 특별한 은유를 창출한다. 사물에 인간의 인격과 속성을 부여한 '의인화'로 상황을 실감이 나게 그려내는 '동사의 은유법'이라 할 수 있다. 달그림자는 '월세를 살고' 쓸쓸함은 '낮잠을 자고', 그리움은 '눈물을 쏟고' 있다. 살고, 잠자고, 눈물 쏟는 것은 사람이나 하는 행위지 인격 없는 사물의 행위가 아니다. 더구나 '쓸쓸함'이나 '그리움'은 물질명사도 아닌 추상명사다. 그러나 인간의 인격과 속성을 받은 이 추상명사는 우리가 직접 느끼는 듯한 강력한 감각으로 우리 가슴에 육박해 들어오고 있다.

셋째 연의 끝 대목에 벤치에 다녀가는 또 하나의 존재가 있다. 바로 "첫사랑마저 경매에 넘긴 그"다. '경매'라는 말이 시선을 끈다. 사랑하는 사람을 붙잡지도 못하고, 아니 그런 자격도 되지 못했기 때문에 그 사람을 '경매 넘긴 것'처럼 보내고 만 것이 아닌가. '그'가 누구인지

우리는 모른다. 화자 자신인지도 모른다. 그러나 '그'가 "가끔은" 호수가 나무 벤치를 찾아와 "해 저물도록 한숨을 훔치다" 쓸쓸하게 돌아가는 것은 충분히 이해가 된다. 그의 슬픈 마음이 애절할 정도의 심상으로 아프게 우리의 감각에 파고든다.

3

　김환식의 시편들을 독서하다 보면 많은 작품들이 서로 연계되고 있다는 느낌을 강하게 받게 된다. 앞서 본 두 작품의 도입부만 보아도 그러하다. 첫째 작품은 "강둑에서 내려다"본 풍광을, 둘째 작품은 "호수의 길섶"에 놓여 있는 낡은 "나무 벤치"를 묘사하며 글이 시작되고 있다. 둘 다 '강'이나 '호수'의 수변水邊이라는 시적 배경의 공통점이 있다. 이들 장소는 작품의 중요한 모티프로도 작용하고 있고 이런 현상은 많은 다른 작품들에서도 공통적으로 나타나고 있다.

　　첫사랑의 명암들이 뛰어내린 바위에 앉아
　　그리움을 다비하는 낙동강을 봅니다
　　다시는 못 펴볼 사연들을 잔잔하게 풀어놓고
　　꺼이꺼이, 물새들은 우짖고 있습니다
　　해는 중천에 돋았지만

그 어둑어둑한 강심의 수초 밑에는
지난 홍수에 생이별한 어족들이 모여앉아
기막힌 서러움을 산란하는 것입니다
초승달도 슬픔에 겨우면 허리가 휩니까
단아하던 그 몸매도 활처럼 휘었네요
수신할 주소도 분실한 손편지를 움켜쥐고
기막힌 사연들을 강물에 띄웁니다
올해도 그 강둑길엔
패랭이꽃과 민들레가 활짝 필 것입니다
눈물겨운 기억들이 아슴아슴합니다
이 꽃 아니면 저 꽃의 향기로 남아있을
그 명찰의 이름과 단발머리 하나가
낮달처럼 그 바위에 앉아 풍경화를 그립니다
어적어적 소주 한 잔을 마시고
그 강에서 잡은 피라미를 씹어봅니다
비린내의 뒤꿈치에 꽃향기가 밟힙니다

―「낙동별곡洛東別曲」 전문

  인용 시의 시적 배경도 '강'이다. 시는 화자가 "낙동강" 가의 "바위에 앉아" 강물을 바라보며 느끼는 여러 소회를 피력하기 시작하며 문을 열고 있다. 바위는 "첫사랑의 명암들이 뛰어내린 바위"다. 함께 울고 웃었던 추억들이 서려 있는 장소가 될 것이다. 낙동강은 이제 그 첫사랑의 "그리움을 다비"하며 흐르고 있다. '다비茶毘'는 태운다는 뜻으로 불가에서 육신을 본디 이루어진 곳으로 돌려보낸다는 의미가 있다. 이제 첫사랑도 다 지워버리려니 강물은 "다시는 못 펴볼 사연들"을 풀어놓고 "물새들은 우짖고" 있는 것이 아닌가. 가슴 아픈 정경이다.

어떤 텍스트가 다른 텍스트를 인용하거나 변형시켜 서로 관련을 맺는 '상호텍스트성'은 현대시의 핵심적인 지배소의 하나로 흔히 '모자이크'에 비유되기도 하는데 앞서 언급한 것처럼 이는 시인의 많은 작품에서 서로 연계되고 있다. 우리는 이미 '강둑'과 '호숫가'를 보았고 위의 시에서는 '낙동강'을 보게 된다. 모두가 '시적 배경'으로 작품의 도입부 역할을 하는 공통점이 있다. 몇 가지 예를 더 들어보자.

"해 질 무렵이면/ 그 애와 자주 걷던/ 방천길을 또 걸어봅니다"(「얼떨결에」), 방천길이/ 온통/ 하얗다(「안개꽃」), "단산지/ 그 외진 둘레길/ 나무 벤치"(「안부」), "단산지, 오솔길을 혼자 걸었다"(「때가 되면」), "그 강을 지켜보던 날들"(「허수아비」), "그 호수의 둘레길/ 비스듬히 기울어진 나무 벤치"(「저녁 무렵이면」)와 같은 문장들이 눈에 잡힌다. '방천防川길'은 물이 넘쳐 들어오는 것을 막기 위해 쌓은 강둑길이다. '단산지'는 대구에 소재한 저수지 이름이다. 그렇다면 위에 열거된 모든 문장은 결국은 강이나 호수에 대한 묘사임에 다름 아니고 이들은 상호텍스트성으로 강하게 연계되고 있음을 알 수 있다.

이 점과 관련하여 특히 주목되는 것은 이들 시적 배경에 담긴 시인의 특별한 '심리적 정서다. 앞의 작품으로 돌아가 논의를 계속하기로 하자.

화자는 강을 바라보며 "강심의 수초 밑에는/ 지난 홍수에 생이별한 어족들이 모여앉아/ 기막힌 서러움을" 산란하고 있다고 말하고 있다. "생이별"과 "기막힌 서러움"이란 말이 가슴에 다가온다. 시인은 "초승달도 슬픔에 겨우면" "단아하던 그 몸매도 활처럼" 휜다고 이 '비애의 정서'를 정말 기막힌 비유로 묘사하고 있다. 그리고 "수신할 주소도 분실한 손편지를 움켜쥐고" 그 사연들을 자신이 바라보고 있는 "강물에" 띄운다고 결정적인 발화를 터뜨린다. 주소 없는 편지는 받을 수가 없고 "못 펴볼 사연들"은 흐르는 강물에 사라지고 만다. 화자는 아끼고 사랑하던 사람과 "생이별"을 경험했고 그 진한 슬픔을 강물에 담아 표출하고 있는 것이다.

이별의 상대방은 '그 애'라고 호칭되는 사람이다. 앞에서 이미 "그 애와 자주 걷던/ 방천길"을 보았다. 지금은 그 애가 없으니 "강물에 뛰어든 석양마저" 화자보다도 "한참이나 서럽게 울고" 있다(『얼떨결에』). '그 애'에 대한 시인의 특별한 '심리적 감정'은 아주 중요한 상호텍스트성으로 다른 작품들과 손을 잡고 있다.

시인은 "내가 사랑한 그 애를/ 하느님도 사랑하고 계셨던 것일까" 묻고 이어 "그 애를 예쁘게 내게 보내준 것도/ 그 애를 예고 없이 데려간 것도/ 모두 하느님의 숨은 뜻이 있었던 것일까"(『참, 얄궂다』) 묻고 있다.

"방천길이/ 온통/ 하얗"게 핀 안개꽃을 보며 시인은

"그 애가 좋아하던 꽃이다/ 그 애가 좋아하던 의상의 빛이다"라고 회억한다. 그러나 그 꽃들도 "올해만큼은/ 가지런한 앞니마저 활짝 드러낸 채/ 보란 듯, 웃지는 못할 것이다"고 안타까워한다(「안개꽃」). 앞서 본 것처럼 하느님이 그 애를 데려갔기 때문이다.

우리는 여기서 화자가 아끼고 사랑하던 사람이 이 세상 사람이 아니라는 것을 알게 된다. 그러나 화자의 절절한 그리움과 변함없는 사랑은 「쑥부쟁이」라는 작품에서 "그 산길의 어깨마다/ 네가 좋아하던/ 쑥부쟁이들/ 희끗희끗 허공을 밝히고 있더라"고 마치 곁에 있는 사람처럼 '그 애'를 향해 말을 걸고 있다. 「허수아비」에서는 둘이 "강을 지켜보던 날"을 생각하며 "그 애가 쓴 손편지 종이배가/ 반갑게 노 저어 올 것" 같다고 노래하고 있다. 그리고 마침내 "그 강을 바라보고" 있는 자신을 "반백의 허수아비"로 칭하며 처연한 절창을 덧붙인다.

나는 날마다, 그 애가 준 손거울 속에서 늙어가고
어쩜 그 애도
내 주머니 속 조약돌처럼 늙어갈 것이다

우리는 강과 호수와 그리고 시공을 초월하는 사랑의 정서가 상호텍스트성으로 아름답게 조화를 이루며 연계되는 작품을 살펴보았다. 우리는 '그 애'에 대해 전혀 아는 바가 없다. 그러나 모르는 사이에 우리도 어느덧 '그 애'가 보고 싶어짐을 느끼게 된다.

4

시인은 평면적이고 일차원적 언어 대신 입체적이고 다차원적 언어를 채택하고자 한다. 일상어는 듣는 사람을 이해시키는 데 치중하지만, 문학어 특히 시어는 이해뿐 아니라 감각, 정서, 상상력을 불러일으키는 데 힘을 쏟는다. 당연히 문학연구자들은 시인의 언어에서 일상의 언어용법과 달라진 양상을 관찰하고 그것이 어떤 효과를 창출하고 있는지에 대해 주의를 기울이게 마련이다. 사람마다 음색, 억양, 강세 등에 의한 어조가 다른 것처럼 개성을 가진 작가의 태도라고 할 수 있는 글에 나타나는 작가의 어조 또한 다르기 때문이다. 최근에 와서 연구가들은 어조 중에서 특별히 '아이러니'에 관심을 보이고 있다. 이 말은 풍자, 복선伏線, 반어反語, 역설 등의 사전적 의미를 갖고 있다. 그러나 근대에 와서는 더 넓은 의미로 해석하여 축소, 과장, 대조, 불합리에 근거한 농담, 조소는 물론 패러디, 동음이어에 의한 펀pun, 패러독스 등도 모두 아이러니의 일종으로 간주하고 있다.

애벌레가 고목을 타고 있다
대수롭잖게

이승의 험지를 순례하고 있는데
까마귀 한 마리
고목의 우듬지에 앉아 군침을 삼키는 것이다

심성 고운 벌레야
너는 참 착하구나
아침밥을 굶은 줄 어떻게 알고
누추한 예까지 찾아주다니
두려워 말고, 좀 더 가까이 올라와 보렴
성찬이 눈앞에 있으니, 더 출출하구나
오늘은 정말 운수 좋은 날이야

벌레는, 그런 줄도 모르고
옹이 속에 손수 지을 은밀한 둥지에서
한 생의 일탈을 궁리 중인데
더는 기다릴 수 없다는 듯
까마귀는 날개를 퍼덕거렸다

— 「성찬」 전문

　앞에서 우리는 몇 편의 서정성 짙은 작품을 독해하며
그 애절한 '심상'과 '비유' 그리고 '상호텍스트성'을 중심
으로 독해해 보았다. 그런데 인용 시는 이에 더해 강한
'아이러니'가 번뜩이고 있다.
　작품은 우선 첫째 연에서 평범한 한 폭의 자연 풍경을
보여준다. 애벌레가 탈바꿈이라도 하려는지 "고목을 타

고" 올라가고 있다. 애벌레는 "이승의 험지를 순례하고 있는" 것이다. 그런데 "까마귀 한 마리"가 그 고목의 "우듬지에 앉아"있다. 벌레가 나무를 기어오르고 까마귀가 나무꼭대기에 앉아 있는 것은 전혀 특별할 것이 없는 일상의 풍경이다. 그런데, 그런데 말이다. 상황은 일변한다. 그 까마귀는 "군침을 삼키"고 있는 것이다. 갑자기 팽팽한 시적 긴장이 일어난다.

둘째 연에서는 까마귀의 눈으로 본 상황이다. "아침밥을 굶은" 까마귀에게 '먹이'가 될 줄도 모르고 기어 올라오는 벌레는 참으로 고맙게만 보인다. "심성 고운 벌레야/ 너는 참 착하구나"라는 칭찬과 함께 "두려워 말고, 좀 더 가까이 올라와 보렴"이라고 꼬드길 만도 하다. "성찬이 눈앞에 있으니" 까마귀는 배가 더 출출해짐을 느낀다. 아무렇지도 않던 일상의 자연 풍경에 아이러니가 고개를 들고 있다.

모든 곤충은 알에서 부화해 애벌레로 살다가 성충이 되면 날개를 달고 밖으로 나와 생의 절정을 살다간다. 이 벌레도 "옹이 속" "은밀한 둥지에서" "한 생의 일탈", 즉 '우화羽化'를 목적으로 나뭇등걸을 오르고 있다. 모두가 생의 영위를 위함이다. 그런데 애벌레가 오르는 길은 생을 위한 길이지만 역설적으로 '죽음의 길'이 되고 있다. 강한 아이러니가 작동한다.

세상에는 이상과 현실, 겉모습과 실제 모습, 기대와 결과 사이에 큰 괴리가 있다. 또한 일견 모순되는 것처럼 보이지만 실제로는 어떤 진리를 담고 있는 경우도 허다하다. 작품 하나를 더 보자.

오랜만에
찾아온 그의 거처는
열어두던 산문이 굳게 닫혀있다
탁발이든, 만행이든
산문은 열어놓고 다닐 테니
체면 차리지 말고 가져갈 것
다 가져가라고, 너스레를 떨더니
(…)
산문을 닫아건 것은
남은 생의 몇몇 순간들도
눈과 귀를 닫고 살아볼 수행일지도

법당 마당엔
돌부처 혼자
먼 산과 마주 앉아 있다

−「안거」 부분

화자는 "오랜만에" 암자에 사는 "그의 거처"를 찾아간다. 그렇다면 '그'는 도를 닦는 수도승임이 틀림없다. 그런데 늘 "열어두던 산문이 굳게 닫혀있다" 그는 "탁발이든, 만행이든" 밖에 나갈 일이 있으면 "산문은 열어놓고" 나갈 테니 "가져갈 것"이 있으면 뭐든지 "다 가져가라고,

너스레를" 떨던 사람이다. 역시 세상 재물에 초연한 승려의 모습이다. 그런데 '너스레'란 말에 시선이 꽂힌다. 수다스럽게 떠벌리는 것을 의미하기 때문이다. 뭔가 '조소'하는 듯한 아이러니의 기색이 나타나기 시작한다.

원래 간직하고 싶거나 지키고 싶은 것이 있어야 자물통을 채우는 법이다. 그런 것 하나 없는 수도승은 하등 그럴 이유가 없다. 그러나 암자의 문은 잠기어져 있다. 다음 연에서 화자는 기가 막힌 역설과 반어의 아이러니를 발화한다. 즉 그가 "산문을 닫아건 것"은 앞으로 "남은 생의 몇몇 순간들"도 속세를 떠나 "눈과 귀를 닫고" 살고자 하는 "수행"의 하나일 것이라고.

실상 그는 '소유욕' 때문에, 즉 "엽전 몇 꾸러미라도" 챙기기 위해 문을 잠갔다. 그러나 화자는 그가 바로 그 '소유욕'을 외면하고 오직 수행에 철저하고자 하는 의지로 문을 잠근 것으로 해석하고 있는 것이다.

돈은 자유와 풍요와 복지의 수단이다. 그러나 분쟁과 부패와 타락의 요인이기도 하다. 이처럼 재물은 긍정적 측면과 부정적 측면을 가지고 있는 것이 사실이다. '너 자신을 알라.' 위대한 철학자의 말씀으로 옳은 말이다. 나는 내 발로 서야 한다. 남이 대신 나를 살아 줄 수는 없다. 그러나 또한 우리는 남과 더불어 살아야 한다. 당장 부모, 형제, 부부, 친척, 친구, 이웃 등 타인과의 관계의 그물에서 살고 있다. 따라서 "남들을 잘 아는 것"도 아주 중요한 일이다. '그'가 탁발을 나갔다면 '나 자신'의

생명을 부지하기 위함이다. 그러나 먹을 것을 주는 사람들은 누구인가. 역시 '남'이 아닌가.

마지막 연에서는 "법당 마당"에 "혼자" "먼 산과 마주 앉아"있는 "돌부처"가 묘사되며 작품이 마감되고 있다. '잠긴 문'과 '쓸쓸한 돌부처'를 보는 화자의 날카로운 시선에는 연민과 조소가 동시에 담겨있다.

5

작품 몇 편 읽지 못했는데 많은 지면을 소비하고 있다. 그러나 절대로 그냥 지나칠 수 없는 작품이 하나 있다.

> 난생처음
> 비행기를 타고
> 제주도 여행을 떠나던 날입니다
> 다도해의 흐린 상공에서
> 깜짝 놀랐습니다
> 하늘에서 내려다본 섬들이
> 너무 신기한 것입니다
> 하도 많아서 셀 수조차 없었던
> 그 올망졸망, 크고 작은 섬들은
> 소화불량에 걸린 하느님께서

얼떨결에 실례를 범해놓은
똥 무더기 같았기 때문입니다
유년의 어느 한때
변비를 앓던 기억이 눈에 선합니다
한 사나흘 방귀만 끼룩거리다가
남의 집 고추밭에 숨어서
꾸역꾸역 아랫배를 비우던
그때가 불쑥 생각나는 것입니다
하느님도, 뱃속에서
다 못 삭힌 고해의 덩어리들로
어쩌면, 다도해의 섬들을 만들었을지 모릅니다
어깨너머로 한 덩어리
구부정한 등 너머로 또 한 덩어리
탐스럽고 살가운 똥 무더기들을
한 폭의 추상화에 담아놓은 것입니다

— 「추상화」 전문

    화자는 "제주도 여행"을 위해 "비행기를 타고" 다도해 상공을 지나다가 "하늘에서 내려다본 섬들이" 너무 신기했다고 작품의 문을 열고 있다.

    그 이유가 아주 놀랍다. "셀 수조차" 없이 많은 "크고 작은 섬들"이 마치 "소화불량에 걸린 하느님께서/ 얼떨결에 실례를 범해놓은/ 똥 무더기 같았기 때문"이라는 것이다. 아름다운 다도해의 섬들이 "똥 무더기" 같다는 의외의 비유에서 우리는 놀라움과 함께 강한 아이러니를 느끼게 된다.

실제로 우리 눈높이에서 보는 풍경과 공중에서 내려다
보는 풍경은 전혀 느낌이 다르다. 그렇다고 해서 국립공
원인 다도해 섬들이 '똥 덩어리' 같다는 것은 지나친 것
이 아닌가 생각하며 우리는 다음 대목으로 시선을 옮긴
다.

화자는 이제 자신의 발화에 대한 타당성을 입증하고자
한다. 우선 "유년의 어느 한때/ 변비를 앓던 기억"을 언
급한다. 그때 "방귀만 끼룩거리다가/ 남의 집 고추밭에
숨어서/ 꾸역꾸역 아랫배를" 비웠던 일이 있다. 바로 자
신의 그때처럼 "하느님도, 뱃속에서/ 다 못 삭힌 고해의
덩어리들"로 "섬들을 만들었을지" 모른다고 설명하고 있
다. 그럴듯한 해명이다.

더구나 이어지는 대목에서 화자는 결코 똥 덩어리가
더럽고 혐오스러운 것이 아니라는 것을 밝히려 한다.
"어깨너머로 한 덩어리" "등 너머로 또 한 덩어리"로 펼
쳐진 다도해의 똥 무더기는 차라리 "탐스럽고 살가운 똥
무더기들"로 "한 폭의 추상화에 담아놓은 것"이라고 설
명하고 있는 것이다. 맞다. '추상화'는 사물의 사실적 재
현이 아니고 그 개념의 특성이나 속성을 점·선·면·
색체 등으로 표현한 그림이다. 하늘에서 본 다도해는 바
다라는 푸른 '표면' 위에 흩어져 있는 섬들이 '점'들로 구
성된 추상화와도 같이 보인다. 결국 다도해는 '하느님이
실례한 똥 무더기들'이란 말은 설득력을 획득한다.

이 작품에서 특별히 주목해야 할 점이 있다. 원래 시 언어는 사람의 절실한 정감을 토로하는 직정直情적 언어로 생활에 밀착한 말이었다. 앞의 "똥 무더기"와 같은 어휘는 과히 좋은 어감의 말은 아니다. 그러나 서민들이 일상에서 쓰는 직정적인 기층基層언어임에는 틀림없다. 김환식은 이런 서민·대중언어를 작품에 과감히 수용하고 있다.

작고 또렷한 것들이 많이 흩어져 있는 모양을 말하는 "올망졸망"이나 뜻밖의 일을 갑자기 당해 정신 못 차릴 때 쓰는 "얼떨결에"와 같은 말은 어릴 때부터 귀에 익숙한 모국어들이다. 앞서 본 작품들에도 이런 정감이 어린 말은 많다. "안개꽃 속치마"나 "순백의 속살"(『안개꽃』)은 정말 하얀 안개꽃 같은 대상물에 대한 비유다. "고뿔에 잡힌 멱살 때문에 혼쭐이 났다"(『귀향』)에서의 '고뿔', '멱살' '혼쭐' 또한 정겹기만 한 기층언어들이다. '우듬지' '군침' '출출하다'(『성찬』) '너스레' '엽전 몇 꾸러미' '큼지막한 자물통'(『안거』) '야단법석' '다잡다' '무논'(『생각이 어둑어둑해질 때까지』)과 같은 말은 얼마나 투박하며 정감 있는 토착어들인가.

시인은 이런 토착어는 물론 인간의 정감을 직선적으로 드러내는 언어에도 거침이 없다. "방귀만 끼룩거리다"나 "꾸역꾸역 아랫배를 비우던"과 같은 과감한 언어도 서슴없이 동원된다. 더 나아가 빈틈이 없이 굳세고 단단함을 말하는 "야무지게", 끈덕지게 달라붙는 "치근덕거려도",

무엇을 성가시게 조르는 "보채"다'와 같은 말은 "젖꼭지를 가랑비가 빨고 있다"(『귀향』)라는 관능적 냄새가 물씬나는 문장과 함께 직접성과 구체성을 구현하며 신체감각에 그대로 육박해오고 있다.

6

문학은 그 미학적 효과로 삶에서 구할 수 있는 즐거움의 하나이다. 비평가는 당연히 그 아름다움을 밝혀 독자와 함께 즐겨야 한다. 따라서 나는 많은 작품을 집적댈일이 아니라 몇 작품이라도 성실한 수고를 바쳐 그 미학적 가치를 제대로 찾아내어 독자와 나누어야 한다는 고집이 있다. 또한 작품에 대한 이런 정독이 다른 작품들의 독해에도 결정적인 빛을 줄 수 있다는 믿음도 있다. 다루고 싶은 작품은 아직 수두룩하다. 그러나 위와 같은이유로 몇 작품에만 집중하게 되었다.

유익한 독서였다. 시인의 계속되는 건필을 기원한다.

황금알 시인선

01 정완영 시집 | 구름 山房산방
02 오탁번 시집 | 손님
03 허형만 시집 | 첫차
04 오태환 시집 | 별빛들을 쓰다
05 홍은택 시집 | 통점痛點에서 꽃이 핀다
06 정이랑 시집 | 떡갈나무 잎들이 길을
　　　　　　　흔들고
07 송기홍 시집 | 흰뺨검둥오리
08 윤지영 시집 | 물고기의 방
09 정영숙 시집 | 하늘새
10 이유경 시집 | 자갈치통신
11 서춘기 시집 | 새들의 밥상
12 김영탁 시집 | 새소리에 몸이 절로 먼 산
　　　　　　　보고 인사하네
13 임강빈 시집 | 집 한 채
14 이동재 시집 | 포르노 배우 문상기
15 서　량 시집 | 푸른 절벽
16 김영찬 시집 | 불멸을 힐끗 쳐다보다
17 김효선 시집 | 서른다섯 개의 삐걱거림
18 송준영 시집 | 습득
19 윤관영 시집 | 어쩌다, 내가 예쁜
20 허　림 시집 | 노을강에서 재즈를 듣다
21 박수현 시집 | 운문호 붕어찜
22 이승욱 시집 | 한숨짓는 버릇
23 이자규 시집 | 우물치는 여자
24 오창렬 시집 | 서로 따뜻하다
25 尹錫山 시집 | 밥 나이, 잠 나이
26 이정주 시집 | 홍등
27 윤종영 시집 | 구두
28 조성자 시집 | 새우강
29 강세환 시집 | 벚꽃의 침묵
30 장인수 시집 | 온순한 뿔
31 전기철 시집 | 로깡땡의 일기
32 최을원 시집 | 계단은 잠들지 않는다
33 김영박 시집 | 환한 물방울
34 전용직 시집 | 붓으로 마음을 세우다
35 유정이 시집 | 선인장 꽃기린
36 박종빈 시집 | 모차르트의 변명
37 최춘희 시집 | 시간 여행자
38 임연태 시집 | 청동물고기
39 하정열 시집 | 삶의 흔적 돌
40 김영석 시집 | 거울 속 모래나라
41 정완영 시집 | 詩菴시암의 봄
42 이수영 시집 | 어머니께 말씀드리죠
43 이원식 시집 | 친절한 피카소
44 이미란 시집 | 내 남자의 사랑법法
45 송명진 시집 | 착한 미소
46 김세형 시집 | 찬란을 위하여
47 정완영 시집 | 세월이 무엇입니까
48 임정옥 시집 | 어머니의 완장
49 김영석 시선집 | 모든 구멍은 따뜻하다
50 김은령 시집 | 차경借憬
51 이희섭 시집 | 스타카토
52 김성부 시집 | 달항아리
53 유봉희 시집 | 잠깐 시간의 발을 보았다
54 이상인 시집 | UFO 소나무
55 오시영 시집 | 여수麗水
56 이무권 시집 | 별도 많고

57 김정원 시집 | 환대

58 김명린 시집 | 달의 씨앗

59 최석균 시집 | 수담手談

60 김요아킴 야구시집 | 왼손잡이 투수

61 이경순 시집 | 붉은 나무를 찾아서

62 서동안 시집 | 꽃의 인사법

63 이여명 시집 | 말뚝

64 정인목 시집 | 짜구질 소리

65 배재열 시집 | 타전

66 이성렬 시집 | 밀회

67 최명란 시집 | 자명한 연애론

68 최명란 시집 | 명랑생각

69 한국의사시인회 시집 | 닥터 K

70 박장재 시집 | 그 남자의 다락방

71 채재순 시집 | 바람의 독서

72 이상훈 시집 | 나비야 나비야

73 구순희 시집 | 군사 우편

74 이원식 시집 | 비둘기 모네

75 김생수 시집 | 지나가다

76 김성도 시집 | 벌락마을

77 권영해 시집 | 봄은 경력 사원

78 박철영 시집 | 낙타는 비를 기다리지
      않는다

79 박윤규 시집 | 꽃은 피다

80 김시탁 시집 | 술 취한 바람을 보았다

81 임형신 시집 | 서강에 다녀오다

82 이경아 시집 | 겨울 숲에 들다

83 조승래 시집 | 하오의 숲

84 박상돈 시집 | 와! 그때처럼

85 한국의사시인회 시집 | 환자가
      경전이다

86 윤유점 시집 | 내 인생의 바이블 코드

87 강석화 시집 | 호리천리

88 유 담 시집 | 두근거리는 지금

89 엄태경 시집 | 호랑이를 탔다

90 민창홍 시집 | 닭과 코스모스

91 김길나 시집 | 일탈의 순간

92 최명길 시집 | 산시 백두대간

93 방순미 시집 | 매화꽃 펴야 오것다

94 강상기 시집 | 콩의 변증법

95 류인채 시집 | 소리의 거처

96 양아정 시집 | 푸줏간집 여자

97 김명희 시집 | 꽃의 타지마할

98 한소운 시집 | 꿈꾸는 비단길

99 김윤희 시집 | 오아시스의 거간꾼

100 니시 가즈토모(西一知) 시집 | 우리
      등 뒤의 천사

101 오쓰보 레미코(大坪れみ子) 시집 |
      달의 얼굴

102 김 영 시집 | 나비 편지

103 김원옥 시집 | 바다의 비망록

104 박 산 시집 | 무야의 푸른 샛별

105 하정열 시집 | 삶의 순례길

106 한선자 시집 | 울어라 실컷, 울어라

107 김영철 어린이시조집 | 마음 한 장,
      생각 한 겹

108 정영운 시집 | 딴청 피우는 여자

109 김환식 시집 | 버팀목

110 변승기 시집 | 그대 이름을 다시
      불러본다

111 서상만 시집 | 분월포芬月浦

112 잇시키 마코토(一色真理) 시집 |
      암호해독사

113 홍지헌 시집 | 나는 없네

114 우미자 시집 | 첫 마을에 닿는 길

115 김은숙 시집 | 귀띔

116 최연홍 시집 | 하얀 목화꼬리사슴

117 정경해 시집 | 술항아리

118 이월춘 시집 | 감나무 맹자

119 이성률 시집 | 둘레길

120 윤범모 장편시집 | 토함산 석굴암

121 오세경 시집 | 발톱 다듬는 여자

122 김기화 시집 | 고맙다

123 광복70주년, 한일수교 50주년 기념
    한일 70인 시선집 | 생의 인사말

124 양민주 시집 | 아버지의 늪

125 서정춘 복간 시집 | 죽편竹篇

126 신승철 시집 | 기적 수업

127 이수익 시집 | 침묵의 여울

128 김정윤 시집 | 바람의 집

129 양   숙 시집 | 염천 동사炎天 凍死

130 시문학연구회 하로동선夏爐冬扇 시집
    | 안개가 자욱한 숲이다

131 백선오 시집 | 월요일 오전

132 유정자 시집 | 무늬

133 허윤정 시집 | 꽃의 어록語錄

134 성선경 시집 | 서른 살의 박봉 씨

135 이종만 시집 | 찰나의 꽃

136 박중식 시집 | 산곡山曲

137 최일화 시집 | 그의 노래

138 강지연 시집 | 소소

139 이종문 시집 | 아버지가 서 계시네

140 류인채 시집 | 거북이의 처세술

141 정영선 시집 | 만월滿月의 여자

142 강홍수 시집 | 아비

143 김영탁 시집 | 냉장고 여자

144 김요아킴 시집 | 그녀의 시모노세끼항

145 이원명 시집 | 즈믄 날의 소묘

146 최명길 시집 | 히말라야 뿔무소

147 시문학연구회 하로동선夏爐冬扇 시집
    2 | 출렁, 그대가 온다

148 손영숙 시집 | 지붕 없는 아이들

149 박   잠 시집 | 나무가 하늘뼈로
    남았을 때

150 김원욱 시집 | 누군가의 누군가는

151 유자효 시집 | 꼭

152 김승강 시집 | 봄날의 라디오

153 이민화 시집 | 오래된 잠

154 이상원李相源 시집 | 내 그림자 밟지
    마라

155 공영해 시조집 | 아카시아 꽃숲에서

156 미즈타 노리코(水田宗子) 시집 | 귀로

157 김인애 시집 | 흔들리는 것들의 무게

158 이은심 시집 | 바닥의 권력

159 김선아 시집 | 얼룩이라는 무늬

160 안평옥 시집 | 불벼락 치다

161 김상현 시집 | 김상현의 밥詩

162 이종성 시집 | 산의 마음

163 정경해 시집 | 가난한 아침

164 허영자 시집 | 투명에 대하여 외

165 신병은 시집 | 곁

166 임채성 시집 | 왼바라기

167 고인숙 시집 | 시련은 깜찍하다

168 장하지 시집 | 나뭇잎 우산

169 김미옥 시집 | 어느 슈퍼우먼의
    즐거운 감옥

170 전재욱 시집 | 가시나무새

171 서범석 시집 | 짐작되는 평촌역

172 이경아 시집 | 지우개가 없는 나는

173 제주해녀 시조집 | 해양문화의 꽃,
　　　해녀

174 강영은 시집 | 상냥한 시론詩論

175 윤인미 시집 | 물의 가면

176 시문학연구회 하로동선夏爐冬扇 시집
　　　3 | 사랑은 종종 뒤에 있다

177 신태희 시집 | 나무에게 빚지다

178 구재기 시집 | 휘어진 가지

179 조선희 시집 | 애월에 서다

180 민창홍 시집 | 캥거루 백bag을 멘
　　　남자

181 이미화 시집 | 치통의 아침

182 이나혜 시집 | 눈물은 다리가 백 개

183 김일연 시집 | 너와 보낸 봄날

184 장영춘 시집 | 단애에 걸다

185 한성례 시집 | 웃는 꽃

186 박대성 시집 | 아버지, 액자는
　　　따스한가요

187 전용직 시집 | 산수화

188 이효범 시집 | 오래된 오늘

189 이규석 시집 | 갑과 을

190 박상옥 시집 | 끈

191 김상용 시집 | 행복한 나무

192 최명길 시집 | 아내

193 배순금 시집 | 보리수 잎 반지

194 오승철 시집 | 오키나와의 화살표

195 김순이 시선집 | 제주야행濟州夜行

196 오태환 시집 | 바다, 내 언어들의 희망
　　　또는 그 고통스러운 조건

197 김복근 시조집 | 비포리 매화

198 시문학연구회 하로동선夏爐冬扇 시집
　　　4 | 너에게 닿고자 불을 밝힌다

199 이정미 시집 | 열려라 참깨

200 박기섭 시집 | 키 작은 나귀 타고

201 천리(陳黎) 시집 | 섬나라 대만島/國

202 강태구 시집 | 마음의 꼬리

203 구명숙 시집 | 뭉클

204 옌즈(阎志) 시집 | 소년의 시少年辞

205 문학청춘작가회 동인지 2 | 그날의
　　　그림자는 소용돌이치네

206 한국환 시집 | 질주

207 김석인 시조집 | 범종처럼

208 한기팔 시집 | 섬, 우화寓話

209 문순자 시집 | 어쩌다 맑음

210 이우디 시집 | 수식은 잊어요

211 이수익 시집 | 조용한 폭발

212 박 산 시집 | 인공지능이 지은 시

213 박현자 시집 | 아날로그를 듣다

214 시문학연구회 하로동선夏爐冬扇 시집
　　　5 | 너를 버리자 내가 돌아왔다

215 박기섭 시집 | 오동꽃을 보며

216 박분필 시집 | 바다의 골목

217 강홍수 시집 | 새벽길

218 정병숙 시집 | 저녁으로의 산책

219 김종호 시선집

220 이창하 시집 | 감사하고 싶은 날

221 박우담 시집 | 계절의 문양

222 제민숙 시조집 | 아직 괜찮다

223 문학청춘작가회 동인지 3 | 고양이가
　　　앉아 있는 자세

224 신승준 시집 | 이연당집怡然堂集 · 下

225 최 준 시집 | 칸트의 산책로

226 이상원 시집 | 변두리

227 이일우 시집 | 여름밤의 눈사람

228 김종규 시집 | 액정사회

229 이동재 시집 | 이런 젠장 이런 것도
　　　시가 되네

230 전병석 시집 | 천변 왕버들

231 양아정 시집 | 하이힐을 믿는 순간

232 김승필 시집 | 옆구리를 수거하다

233 강성희 시집 | 소리, 그 정겨운 울림

234 김승강 시집 | 회를 먹던 가족

235 김순자 시집 | 서리꽃 진자리에

236 신영옥 시집 | 그만해라 가을산
　　　무너지겠다

237 이금미 시집 | 바람의 연인

238 양문정 시집 | 불안 주택에 거居하다

239 오하룡 시집 | 그 너머의 시

240 문학청춘작가회 동인지 4 | 참꽃

241 민창홍 시집 | 고르디우스의 매듭

242 김민성 시조집 | 간이 맞다

243 김환식 시집 | 생각이 어둑어둑해질
　　　때까지